AS HORAS ESQUECIDAS

Chico Mendonça

AS HORAS ESQUECIDAS

Chico Mendonça

EDITORAS ASSOCIADAS

Para Adriana (minha Drizinha, como ela
gosta que eu declame); pai Francisco e
mãe Zezé; Sant'Ana e Ilka, meus sogros,
pelo aprendizado do amor.

Para Mônica, minha irmã, que tem a
coragem da alegria e mestrado em renascer.

AGRADECIMENTOS

Agradeço a Afonso Borges, pelo estímulo, apoio e generosidade, antes, durante e depois da edição deste livro. Muitos presentes.

A Luciana Tanure, Thásia de Medeiros, Alencar Perdigão e Cláudia Masini, pelo acolhimento, dedicação e profissionalismo com que editaram este livro. Além da obra, saíram do prelo novas amizades.

A Antônio Melo, Eduardo Godoy, Murilo Cisalpino, Eveline Abreu, Rodrigo Sá Menezes, Nivaldo Lemos, Pedro Muriel, Elaine Wermelinger e Marco Antonio Penido de Rezende pela presença, correções e sugestões. Gente muito abraçável.

A minhas irmãs e irmãos (Paula, Lúcia, Márcia, Vinicius, Rodrigo, Fernanda e Ana Cristina, Sérgio, Claudio e Guilherme), e toda a família com quem tenho a alegria de conviver.

Obrigadíssimo, como diria a Zezinha!

SUMÁRIO

A MORTE E A VIDA QUE VEIO DEPOIS 11
TEMPESTADE 15
O TEMPO E SEU SENHOR 19
ADRIANA 23
UM MENINO NO TELHADO 27
UM VENTO ATRAVESSADO 31
DOIS PRA LÁ, DOIS PRA CÁ 35
O TAMANHO DAS COISAS, O CIRCO E O JACARÉ VERMELHO 39
BORDADOS DE FICÇÃO SOBRE A REALIDADE 43
VAGALUMES 47
A ATENÇÃO E A BELEZA 53
UMA HISTÓRIA INVENTADA 57
O COMERCIANTE, A GAIOLA E O HOMEM QUE AMAVA URUBUS 61
LEITO DE CTI: UMA PAISAGEM 65
A MORTE E O AMOR 69
AFONSAMENTOS 73
REVOLUCIONÁRIO 77
ALFREDO E O TEMPO 81
AS NATUREZAS DO TEMPO 85
ZEZINHA 89
REMÉDIOS E O GAJO DE GUARUJÁ 95
TEMPO, TEMPO, TEMPO 99
TIAGO E O MAR 103
ESCOLHAS 107
JOÃO FILÓ CONTRA O JACARÉ VERMELHO 113
FÁBULA DO CAVALEIRO UNIVERSAL 117
ATÉ QUE O SONHO ACABE 125
VARANDA DO MUNDO 129
CAPITÃO SUJEIRA E O COZINHEIRO CHINÊS 133
PERFUME DE MALVA 137
A SEMPRE SANTA REALIDADE 141
A SABEDORIA DO URUBU 145
O ENGENHEIRO E O TERRORISTA 149
CONTO DE CARNAVAL 153
ORAÇÃO DE ANO NOVO 157

A MORTE
E A VIDA QUE VEIO DEPOIS

Quando Maria do Rosário abriu os olhos, ainda úmida do ventre de sua mãe, a primeira coisa que viu foi o céu. E, desde então, o céu nunca mais saiu de dentro dos olhos dela. Com pouco mais de um ano — da mãe só restava a falta sem remédio —, foi levada pela madrasta até a beira do rio e abandonada em suas águas. A irmã deu pela falta e saiu só pernas em disparada pela margem. Uma mulher de vestido marrom apontou o lugar certo de procurar, depois orientou a menina a massagear as costas para expulsar a água dos pulmões e soprar ressurreição pela boca da criança. Disse se chamar Benedita, e quando chegou a hora do "Deus te pague", a mulher não estava mais. Sumiu sem que ninguém das redondezas a tivesse conhecido.

O tempo seguiu seu galope sobre as cabeças e, mesmo naquela pressa toda, coloriu o dia em que Maria do Rosário resolveu voltar a Minas Novas para reencontrar a irmã. A ausência já era de dez anos. Incomodada com a memória de tanta criança e tanta pobreza juntas, tomou a decisão, jogou na sacola vidros de água benta e de fortificante, caixas de vermífugo.

(Pressentimento ruim foi o lápis de cor do tempo.)

De longe, divisou o amontoado de gente na frente da casa. O que foi que aconteceu? Foi a morte, Dona, visitando a menininha sua sobrinha. O caixãozinho estava encostado numa parede, e a irmã preparava o corpo da filha para o enterro. Os olhos cheios de céu logo perceberam o engano:

— Esta menina não tá morta, não.

— Uai, olha como o corpo tá frio e duro! — espantou-se a irmã. O farmacêutico arregalou os olhos e confirmou o óbito. O dono da funerária disse "nem brinque".

— Por favor, saia todo mundo, que eu quero ficar só com a menina.

Abriu a boca dela com o cabo de um garfo e derramou lá dentro algumas gotas de água benta. Sentou-se ao lado da cama e estreitou conversa com o Criador, por modo de que Ele chamasse a morte de volta. Não precisou de argumentos nem de negociação, mas ficou mais tempo naquele diálogo só por prazer e vontade de aproveitar a companhia. Depois, passou álcool nos pulsos e no pescoço da menina. Chamou pelo nome dela e, tal foi a doçura na sua voz, que Maria José piscou, depois movimentou a cabeça.

Maria do Rosário voltou a Minas Novas para o enterro da irmã. No retorno a Belo Horizonte, a mala vinha na sua mão esquerda e Maria José na direita. Mais uma entre tantos outros filhos. Nenhum, porém, ela deu à luz com tanto querer.

— Ela é os meus pés e os meus braços!

O tempo tornou a distrair a atenção das gentes, e nem Maria José reparou nos ventos de 50 anos passando. A alegria e a inocência ficaram guardadas nela, intocadas. É surda e carrega um tumor na cabeça tão grande que os médicos não conseguem explicar como ainda está viva. Maria do Rosário, com o olhar cheio de estrelas, sabe a razão. Mas não conta, porque certas coisas na vida, as de maior e real importância, não se dão com palavras.

TEMPESTADE

As mãos deixaram o jornal cair sobre o colo e descortinaram um céu de cores dramáticas: um resto de azul, oprimido pelo cinza de pesadas nuvens, já não resistia e entregava-se à noite precoce. Uma parede de água e sombra vinha de lá. Grande e sólida em alicerces de pedra, a casa balançou seus encaixes, dobradiças, coxilhas e calhas. Era o vento, maestro de todos os sons. Prelúdio.

As primeiras gotas caíram com peso de pedra sobre o telhado. Em lugar impreciso do horizonte, trovejou. Estrondo, estampido, confusão. A casa tremeu. O velho, sentado na poltrona da sala envidraçada, estremeceu. Ao seu ouvido, a velha empregada da infância repetiu uma vez mais: "Tá ouvindo o trovão? É Deus que está muito zangado porque você tem sido um mau menino. Peça perdão!". De cabelos brancos e ralos, a criança martirizada, como das outras vezes, sentiu-se impotente diante de tanta ira. No sofá ao lado, a mulher levantou a sobrancelha, sem tirar os olhos das agulhas de crochê. Pigarreou para sublinhar companhia. Conhecia aquele medo.

O vento regia a tempestade. Sibilava, uivava, rugia. Furacão. Objetos lançados no espaço descreviam hipérboles, elipses e parábolas, caótica geometria. Feito em pedaços, o quintal levantou voo. Folhas, galhos, latas, tampas, restos de flores, insetos, pazinhas de jardim revoaram alucinados diante da janela. Subiam,

desciam, giravam em redemoinho, remoinho, rodamoinho, recaminho. Turbilhão. O portão de ferro, sem trinco, tranca, cadeado ou corrente, descontrolado, batia suas metades repetidas vezes. Com força, ia e voltava, batia, rebatia, maltratava. Histérico.

A água caiu em lufadas, esvoaçante bailarina. Em dançante delírio, entregue à ventania, molhou tudo o que estava seco, desabrigou os cães, criou goteiras no telhado, ensopou as redes na varanda. Feita enxurrada, correu barrenta nas trilhas do jardim, rastejou nos caminhos, submergiu referências, encharcou tudo o que era familiar. A vida se fez náufraga. Só os olhos dele estavam secos. Mas era de estupor, espanto tantas vezes repetido, aridez da memória.

Raios sangraram o horizonte em sucessivos rasgos de luz. Fechado em chumbo, o céu tremeluzia, rutilava, luciluzia. Clarão. Em segundos, a fúria atravessou o espaço, da luz ao som. Trovejou! Vibraram as vidraças no limite do rompimento da matéria, à beira do desmoronamento, prévia do desabrigo. Desespero. O mundo estalou: rebuliço, repique, trabucada. Trovão. Até as costelas experimentaram o ribombo. “Me perdoa, Deus, por favor, me perdoa!”. O velho chovia.

A mão dela pousou sobre a dele. A voz empostada com zelo, como água de córrego que passa seu barulhinho entre margens apertadas, fez calmaria: “Não vê que é tudo mentira? É chuva, só chuva, é água que passa, feito a seca, o sol e a lua. Tudo passa. Deixa, meu velho, deixa passar”. E o velho estiou.

O TEMPO E SEU SENHOR

Quando o tempo tinha apenas começado para mim, o menino que eu fui adorava festa de réveillon, especialmente na praia. A contagem regressiva, foguetes, abraços e a ansiosa espera pela grande surpresa. Eu observava o céu e o mar, atento aos sinais da entrada do ano novo, mas nunca consegui o flagrante. Somente muitos anos depois, entendi que aquele não era o mesmo tempo que as crianças conhecem desde o nascimento e desaprendem depois com os adultos.

As primeiras manhãs de janeiro me ensinaram repetidas vezes como os anos envelhecem da noite para o dia. Até o primeiro pôr do sol pouco restava do ambiente festivo da véspera e eram raros os vestígios da novidade. Os jornais, àquela hora, se mostravam tão senis quanto o ano vencido. O tempo não se mostrava digno de confiança. Ou tanta mobilização em torno de uma data seria suficiente para impedir que ele voltasse a ser exatamente como era antes da celebração. A suposta passagem para uma nova fase levava sempre ao mesmo lugar de onde tínhamos saído.

No modelo original de fábrica da pessoa, relógios e calendários não existem. A magia está no comando dos acontecimentos. Certa vez, surrupiei o exemplar da semana de O Cruzeiro, proibidíssimo para menores lá em casa, e me tranquei no quarto para observar as fotos de Woodstock. Naquela idade, eu

sequer discernia estilos musicais. Meu interesse ao folhear a revista era descobrir o que existia debaixo das roupas femininas, e aquele foi um festival de peitos e bundas exibidos em público. Um delírio! Fechei os olhos e desejei com todas as minhas forças ir para Woodstock, aparecer bem no meio daquelas mulheres peladas tão logo os abrisse novamente. Não importava que o festival já tivesse acabado. O tempo não tinha significado algum.

Estava tão certo do meu destino que, ainda sob a escuridão das pálpebras cerradas, comecei a pensar se seria tão fácil voltar para casa. Abri os olhos para interromper a viagem. Estava assustado com a possibilidade de me perder, completamente inocente da escolha que tinha feito ao desistir de ver o nu feminino tão de perto e ao vivo. Por decidir não partir, o tempo entrou para sempre na minha vida. E com ele, seu senhor, o medo. Com pouco mais ou pouco menos de um metro de altura, eu fiquei tão velho quanto a humanidade. Onde somente Deus brilhava, havia, então, um pouco de escuro.

Muitos anos se passaram desde Woodstock. Por obra deles, se fez a memória, esse gaveteiro criado para organizar interpretações da realidade. Nas voltas todas que o relógio deu, abrindo alternadamente essas gavetas tantas, o passado me consumiu. O futuro nada me prometeu que não carregasse junto uma ameaça. Minha salvação é a eternidade, essa brisa que me levanta os cabelos e alegra a alma sempre que interrompo os ponteiros e ancoro o tempo no presente. Dessa janela, e só dela, é possível observar Deus regando nosso jardim.

ADRIANA

Quando ela chegou, eu nem esperava. Fazia um tempo novo e gratificante. Eu não me sentava mais à mesa ao cair de certas tardes, atordoado pela penumbra, para descansar a testa sobre minhas mãos em concha. Solidão andava me desconhecendo. As minhas rimas tinham ficado pelo caminho, os versos esticados no chão por preguiça e cansaço de repetições. É que eu por inteiro estava onde antes apenas minha imagem ficava e as velhas traduções se tornaram incompreensíveis. Estava desacreditando que homens procuram porto seguro, um cais no meio da noite, desde que são meninos. Em sonho, eu andava alado.

Ela chegou numa tarde de sol, me pegou pelo braço e serviu conversa com cerveja gelada, ofereceu assuntos capazes de atravessar nossas margens, de um lado a outro palavras indo e vindo para alumiar os naturais ancoradouros. Eu navegava minhas frases de produzir encantamento; ela fazia remansos para atracação. Em seguida, passou uma descompostura no tempo e, no dia seguinte, contou a uma amiga: "vou me casar". Ela lia estrelas; eu, livros. Ela sentia; eu estudava. Ela percebia; eu perguntava. Como a conversa era uma alegria e a cintura, fina, nos casamos três meses depois. Eu 43; ela 33.

Da primeira carta, eu próprio fui o carteiro. Surpresa, ela riu e leu as palavras que eu havia escrito para desenhar porto

seguro, um cais no meio da noite (certas memórias são víboras traiçoeiras). Parou de sorrir e avisou: "eu não sou assim, não é isso que eu procuro". E muito do que restava de mim projetado na parede desapareceu por completo, por falta de escuro onde eu pudesse exibir meu filminho. E tem sido assim. Para ela, de tudo o que apresento ela só se interessa pelo que é essencial e verdadeiro, mesmo sabendo que é tão difícil para mim, em alguns momentos, abrir mão do que eu gostaria de ser. É pelo que sou distraidamente que ela se apaixona.

(Pessoas — homens em especial — adoram gavetas para separar as coisas do mundo. Ora, direis, padrões são mais confortáveis que incertezas. Mulheres, porém, detestam o lugar-comum: flores burocráticas ofendem o amor. Pessoas — homens em especial — adoram nadar em piscinas de medidas conhecidas. Mulheres são o mar. Leva tempo para descobrir o prazer de explorar águas profundas e misteriosas.)

Uma sucessão de dificuldades os casamentos são, pois que, entre as convicções e percepções que se amontoam de lado a lado em acanhado espaço, há um vasto campo vazio. Por ele, em passos inseguros nos aventuramos em momentos de coragem e desapego. E como ali não precisamos defender coisa alguma, desabitamos as tristezas e nos amamos feito adolescentes. Ela, riso solto de alegria, descansa a cabeça em meu peito. Eu, feito Adão, descubro nesses momentos de rara beleza a verdadeira anatomia: somos, eu e ela, apenas costela e barro.

UM MENINO NO TELHADO

O menino corre pelos telhados das casas de sua vila. Acha que olhando tudo lá de cima suas chances de entender o mundo aumentam. Poucos metros abaixo de seus pés, um rio de lama avança sobre pessoas, carros e construções. Acostumado a ouvir que a barragem de rejeito da mineração um dia arrebentaria, ele só acreditou no alerta desesperado quando a água barrenta invadiu sua casa com a força de uma vingança.

Ele observa o rio bravio descendo para alcançar a vila de Bento Rodrigues, indefesa, filha dessa velha senhora Mariana. São 200 casas e 600 pessoas por destruir. São 200 telhados para correr. Aflige-se: é muito pouco tempo para entender o mundo. "Como uma empresa pode construir uma barragem de destruição bem em cima de nossas cabeças? Como o governo permitiu?". Nem sirene tocou.

Marcos corre e imagina a alegria de ser querido e desejado como as geladeiras, feitas do mesmo minério daqueles morros, sempre tão bem guardadas para satisfação da clientela. O poeta de Itabira sussurra a seu ouvido: "Vai, Marcos! ser gauche na vida". O menino espanta a tolice. Levanta a cabeça, joga fora a tristeza, o orgulho e os 80% de ferro que carrega na alma. "Obrigado, seu Carlos".

Marcos corre, vê a vizinha Alexleila virar-se para trás a tempo de presenciar o rio de lama cobrindo o corpo do pai. "Meu

Deus, ele morreu!", ela grita, só Leila, para o menino sobre o telhado. Um homem segue à frente da enxurrada feito um corisco, sem deixar que a dúvida atrase suas pernas, alerta: "terremoto, terremoto". Outro conta, do alto de uma árvore, que um amigo teve um ataque cardíaco fulminante ao testemunhar o rompimento da barragem. "Quando a morte medonha chegou, ele já tinha se adiantado a ela".

O vento traz uma folha de jornal, e ela se abre diante dos olhos do menino que corre: "O pior ainda está por ser revelado, diz relator da Lava Jato no STF", "Tratamento inédito reverte leucemia incurável em menina de um ano", "Eduardo Cunha atribui dinheiro na Suíça à venda de carne enlatada", "Corinthians cede para renovar com Ralf". João Rosa chega nas asas de um quem-quem: "Eu careço de que o bom seja bom e o ruim ruim, que dum lado esteja o preto e do outro o branco, que o feio fique bem apartado do bonito e a alegria longe da tristeza! Quero os todos pastos demarcados... Como é que posso com este mundo? A vida é ingrata no macio de si; mas transtraz a esperança mesmo do meio do fel do desespero. Ao que, este mundo é muito misturado...".

O menino interrompe a correria: "A atenção, seu Rosa, chega sempre depois da tragédia, como frase depois do ponto final? O sentido pode estar na falta de ordem das coisas do mundo? Se for assim, talvez minhas pernas nunca alcancem o entendimento. Talvez não haja telhados suficientes no mundo para correr. Ou são os meus olhos que estão no cinema enquanto a vida aguarda lá fora?".

UM VENTO ATRAVESSADO

Num certo dia perdido no tempo, o sujeito cruzou os braços e olhou para o horizonte. Observou por alguns minutos e foi embora, certo de que conhecia muito bem o que via, entediado demais com a falta de novidade, oprimido pela sensação de vazio contida na extensa paisagem. E voltou para casa como todos os outros dias: um animal a caminho de sua toca.

O sujeito domina com maestria as técnicas de sobrevivência, conhece ofícios, organiza o tempo para execução das tarefas, esforça-se para obter a renda, tem filhos e transmite a eles o seu jeito de olhar o mundo. Não gosta de falar a respeito, mas em certas noites e momentos inesperados sente-se angustiado. Às vezes, são problemas práticos ainda sem solução; outras, uma dor vaga, incompreensível como palavra sem consoantes.

O homem olha-se no espelho enquanto escova os dentes e estabelece suas fronteiras: no mundo, ele é o que está dentro daquela pele, de tudo e de todos separado pela derme. Ele é aquele corpo que move braços e pernas para execução de várias tarefas, ele é aquele organismo que come, digere e defeca, dono de um cérebro capaz de traduzir os sentidos, analisar os fatos e tomar decisões. Àquela massa, dividida em dois lóbulos, ele confere o atributo de conter sua própria identidade.

Interrompe repentinamente o movimento da escova à breve lembrança da morte que o espreita a partir de suas próprias vísceras. Quem ele é, em algum momento e contra a sua vontade, vai desaparecer do mundo. Não faz sentido, suspira.

Aos domingos, tenta encontrar Aquele por quem sente apego e medo, e vive acima dos corpos. O senhor da morte. Pede clemência e proteção. Em seguida, sai com a família em passeio, visita amigos, abre uma cerveja, vai ao cinema ou ao estádio, assiste tv. Abraça outras pessoas com o uso perfeito dos membros superiores, caminha por obra e graça das suas pernas e observa as paisagens por arte dos olhos e das lentes que os corrigem. Em alguns momentos, dá-se conta da própria respiração e tem a percepção de que os problemas e as oportunidades estão no mesmo lado do mundo: além-fronteira, do lado de fora da sua pele. Quase tudo, acredita, acontece à sua revelia.

E foi assim, até que chegou aquele vento atravessado e repentino, passou pelos vãos de suas costelas feito fossem persianas e ignorou seu corpo como não fosse endereço de ninguém, abrigo de qualquer pessoa. Trouxe bem-estar e uma alegria fluida e tão genuína que pareceu, o vento, ser sua verdadeira identidade. Quando procurou os outros corpos para achar as pessoas, encontrou o mesmo vento atravessando miragens. Deus assoviava e as pessoas ventavam. Ele estava tão feliz que se perguntou se não seria tudo delírio. Na dúvida, o vento parou de imediato. O sujeito, então, cruzou os braços e olhou para o horizonte.

DOIS PRA LÁ, DOIS PRA CÁ

O pequeno palco estava armado no quarteirão fechado de uma rua da Savassi, em frente às mesas de um bar. Logo que Rafael Chaves (violão e voz), Daniel Guião (violão, guitarra e voz) e Marcelo Carrato (percussão) começaram a tocar, houve tanto talento espalhado no ar que tive vontade de não dizer mais palavra, apenas ouvir. Além da qualidade dos músicos, o repertório era saborosíssimo, ponteado de baladas.

Três ou quatro moradores de rua ajuntaram-se em frente à banda e assistiam compenetrados à apresentação. E assim foi até que eles chegaram: um casal especial, em roupas comuns, com aparência, os dois, de terem acabado de passar dos 30. Depositaram bolsa e mochila sobre o palco, começaram a dançar e não pararam mais. Executavam a coreografia improvisada e mediam com olhos infantis a reação do público. Eles não tinham a menor dúvida de que estavam agradando, mas queriam a aprovação manifesta. Foram tão espontâneos, como um dia também nós, que os amamos de imediato: batemos palmas, incentivamos, gritamos nossa gratidão. Os dois iluminaram a noite e a luz que vinha deles era a inocência.

Iluminados, outros se levantaram para dançar, todos juntos, as tribos misturadas: o primeiro casal, moradores de rua e fregueses do bar. Havia, entre eles, um homem de cabelos longos

e secos, bermuda e pernas estragadas por ossos de equivocada arquitetura. Tudo nele parecia só e pobre. Uma tira de borracha amarrada à cintura e a outra extremidade à ponta do tênis surrado mantinha o alienado pé esquerdo paralelo ao chão. Em meio ao abandono, porém, como flor improvável brotando da ruína, exibia-se no rosto daquele homem uma alegria igualmente torta.

Uma moça em silêncio, no frescor ainda do banho tomado, sentada — quase invisível de tão imóvel — no banco de alvenaria, assistia ao show. O homem aproximou-se com suas muletas sujas e a convidou para dançar. Diante de cavalheiro tão desprovido de encanto, ela se levantou com a candura de uma fada e procurou, com indisfarçável dificuldade, achar alguma suavidade onde pudesse descansar o braço delicado. Seu par deixou uma muleta cair para ajudá-la a encontrar espaço para os pés e, depois de breve ensaio, abandonou a segunda.

E foi então que, na rua de uma cidade encravada nas montanhas de um país do hemisfério sul, abaixo das estrelas, em um ponto ínfimo do universo imenso, um homem roto e uma mulher suave dançaram o bolero original: ele tropeçava dois pra lá e ela, dois pra cá, apressava o socorro. Foi tanta belezura, tão definitiva a poesia, que acordamos a eternidade e a memória de quem somos. Ao final da música, as trombetas ainda ressoando em nossos ouvidos, nos vimos todos juntos na porta do paraíso.

O TAMANHO DAS COISAS, O CIRCO E O JACARÉ VERMELHO

Aquele circo mambembe chegou a Brumadinho na rabeira de outros tantos. Mas ganhou destaque na memória de minha mãe porque mostrou a ela, de forma inesquecível, os tamanhos distintos que o mundo tem se para ele olha uma criança ou um adulto. Tudo pode ter a dimensão imensurável de uma novidade ou o volume inexpressivo do já conhecido. Para uma pessoa, qualquer ser ou coisa começa a envelhecer no instante seguinte à sua descoberta. Até tornar-se invisível ou morrer, que são a mesma coisa dentro da pessoa. É o olhar que envelhece, não o que é visto. Tudo é o tempo todo, mas se modifica dentro de quem observa. Por isso, a inocência das crianças nos comove tanto. Desconfio seja saudade de nós mesmos. Dos seres que ficaram invisíveis.

Eu me lembro dos olhos que tinha quando observava o tanque no sítio do meu avô. Aquela imensidão de águas escuras e seus segredos, incluindo o jacaré vermelho que, me diziam, morava no mais profundo, provocavam em mim sensações extremas, calafrios e falta de ar, atração e medo. E muita admiração por meu pai, ser a quem o bicho temia tanto que, em seus braços, me era dado o prazer de passear por toda a extensão do tanque sem qualquer risco. Na verdade, eu não gastava tempo alimentando o medo da fera, gostava mesmo é de experimentar o orgulho daquele homem ser meu pai.

Certa vez, ele demorou-se tanto no café da manhã que eu, equipado com minha boia com cabeça de pato, incapaz de conter a ansiedade, entrei sozinho no tanque. O jacaré, rei daquelas águas, era temível, mas nada, até então, tinha consequências. Foi uma surpresa, portanto, a aflição daquela gente grande chegando em correria para me salvar de algo que eu desconhecia. Chorei de pavor do perigo que eles temiam. O medo ganhou autoridade em mim.

Voltando a Brumadinho e ao circo, logo que os trabalhos para levantar a velha lona começaram, o chefe da trupe juntou a criançada do lugar e ofereceu-lhe a novidade: no início do grande espetáculo de estreia naquela noite, iriam encenar a Paixão de Cristo. Pela primeira vez, tudo o que se passou seria apresentado como realmente aconteceu, desde a Santa Ceia até a Crucificação. Para que nada saísse errado, o circo precisava deles, meninos e meninas ali presentes. Aquele que trouxesse uma árvore onde Judas pudesse se enforcar teria entrada grátis no espetáculo!

O preço do improviso foi alto. Faltando pouco para a grande estreia, a maior árvore que apareceu não passava de um arbusto. Tudo muito justo, posto que o tamanho das coisas é diretamente proporcional à estatura de quem as observa. E, assim, por falta de tempo para pôr abaixo vegetal mais avantajado, pela primeira vez na histórica das artes cênicas e graças à ousadia criativa dos artistas do Gran Circo Tibetano do Agreste, ou que outro nome tivesse, Judas enforcou-se deitado, ao pé de um ramo que lhe batia no ombro. As crianças, só elas, aplaudiram com entusiasmo.

BORDADOS DE FICÇÃO SOBRE A REALIDADE

Por estas terras tão iniciais, a ficção — seja novela, filme ou futebol — carrega a tarefa de completar a realidade. As aparências, completamente liberadas para uso sem moderação, tomam formas inesperadas, embora sejam sempre assim, cores que não combinam. Feito coco e garrafa de pinga, impossível de embrulhar. E não é assim? Apois, se chegue mais, prove deste biscoito de queijo, sirva-se de café e escute só este caso.

Era final dos anos 1980, as redes sociais não existiam, de internet quase ninguém tinha ouvido falar e o tempo ainda corria nos relógios ao ritmo dos ponteiros. Observar ao redor, acredite, era hábito comum. Já perto da meia-noite o ônibus estacionou em frente à lanchonete, trazendo poeira da estrada de terra e ranger de molas para o silêncio do lugar. Rogério de Almeida Abreu espreguiçou o corpo, espantou o sono e desceu para tomar café e fumar um cigarro. O vício o persegue até hoje, maltratando o corpo, e somente ele, pois que o espírito sempre esteve muito acima de qualquer mal, mergulhado todo ele na observação da humanidade e seu jeito de existir. Rogério é, em seus detalhes, um homem bom.

O café veio fumegando num copo lagoinha, canelado. Ele tomou o primeiro gole e deu uma olhada no aparelho de tv, acomodado em uma prateleira em meio a garrafas sujas de poei-

ra. O som, no volume exato para não perturbar a paz do voo das mariposas sobre as lâmpadas acesas. Os olhos do viajante logo pousaram sobre um homem encostado ao balcão, sorvendo um refrigerante, pele castigada de sol e lida, trajes simples, gestos discretos de brasileiro do interior. Pessoa e meio tão acostumados um ao outro que toda cena é paisagem, qualquer fotografia dispensa cor, e poesia nunca espera o pensamento: já está lá quando a ideia chega.

O caboclo olhava para a tv só porque o aparelho oferecia algum movimento na noite calma. O olhar, no entanto, estava pendurado em varal, tomando brisa enquanto o tempo passava. Até que Paulo Francis surgiu na telinha com seu estilo peculiar. O velho jornalista, sorriso gotejando ironia nos cantos da boca, óculos pesados sobre olhos alegres e aquele sotaque de quem procura desesperadamente pronunciar corretamente as palavras, mesmo atrapalhado por um ovo de codorna vagando pelo céu da boca como bolinha em globo de sorteio. Cada final de sentença chegava em velocidade subitamente acelerada, apropriada para cuspir o ovo. A gente torcia: agora vai. E nada de ovo! Era tão próprio e curioso o estilo de Francis que Chico Anysio criou uma imitação. A cópia ficou tão boa que o original fez jus a ela.

O homem, pois, ergueu o corpo de um repente e acompanhou com atenção o comentário político do jornalista, embora o conteúdo exigisse dele leituras que certamente não tinha. Pouco importava. Ao final, soltou uma gargalhada, deu um tapa no balcão e sentenciou:

— Esse Chico Anysio é do caralho!

VAGALUMES

Você se lembra dos terrenos baldios cobertos de capim e dos porcos que perseguíamos, transformados eles em hipopótamos ferozes e nós em desbravadores destemidos? E da velocidade que alcançávamos correndo sobre as pedras à beira-mar, a habilidade extrema, a sensação de pleno domínio sobre o corpo, a liberdade? Lembra de quanto éramos intensos e felizes? As aventuras sobre os muros, a gente tão pequenininha lá em cima, as pernas curtas vencendo o desafio de nunca cair.

Por favor, diga, você se lembra? As conversas intermináveis sobre os primeiros amores? Eu não me esqueço, não me esqueço. O tempo estava em nosso esqueleto, nos pulmões e na retina dos nossos olhos, nunca no passado, jamais no futuro. Era parte de nós e estava em toda parte, em qualquer paisagem. Menos na vida de alguns adultos. De olhos tristes e resignados, eles quicavam de um lado para outro como esferas de pinball.

É essa memória que tento apalpar agora com dedos vacilantes. Não posso esquecer daquele tempo, quando era possível ser, observar e experimentar. Para cada alegria um riso solto, para cada tristeza um olhar surpreso, para cada momento seu sabor. Éramos meninos crescendo e amadurecendo a partir de nossas experiências, muitas delas secretas, rebeldes filhotes da natureza. Até que, em algum momento, me escapa o motivo, aconteceu a tragédia: o tempo escapou também de dentro de nós!

Ficamos ocos ou virados do avesso. Não existe mais o

tempo de olhar o que nos acontece, o espaço amplo de agir e reagir já não há mais. Na verdade, não se observa mais qualquer intervalo entre um acontecimento e a reação a ele. O tempo de antes, ainda tão parecido com a eternidade, é a impulsividade de agora. Não sobrou uma gota de rebeldia e, talvez por isso, a natureza tenha se afastado tanto de nós.

Nada mais tem a chance de brotar: seria preciso esperar, e pouca gente ainda sabe esperar. Os dias se sucedem e as experiências não ocorrem. As repetições, sim: as mesmas palavras, o mesmo jeito de olhar, milhões de pessoas com hábitos iguais e olhos resignados. Temos medo e... celulares! E também a respiração curta e superficial. Os desejos são muitos, diversos, já a frustração é a mesma quando qualquer um deles é saciado. Quicamos de um lado para outro. Onde a paz, Deus aonde, eu quando enfim? Feito esferas de pinball.

Se apenas repetimos e nada experimentamos de novo, o que pode ser da memória de nós mesmos, da memória de cada um de nós? Se apenas repetimos, o que no mundo ainda pode ser transformado? Será por isso esta sensação de que a vida não tem jeito?

Oh, me desculpe, não se afaste, não desista por favor! É preciso que tudo seja dito e observado. Desligue, por enquanto, o celular e a tv, não clique, não curta nem compartilhe nada, não faça parte de nenhum grupo, desista de encontrar uma hashtag que traduza este momento, pelo menos agora não defenda a democracia nem aponte quem quer que seja pela culpa de tudo. Não diga uma palavra de ordem sequer. Este braço levantado, este punho cerrado podem servir a qualquer causa, esse discurso tonitruante é útil tanto à democracia quanto ao arbítrio. A multidão que marcha e entoa

hinos é a mesma, seja qual for o uniforme que vista. O coro canta refrões ao líder de esquerda como cantou ao de direita, ao general e ao deus do consumo. Não percebe? A melodia é igual!

Observe! É nossa única chance: olhe à nossa volta, apenas olhe. Deixe que o ar entre pelas narinas com total atenção, sinta a pulsação marcando compasso nas veias. Vamos abrir espaço, naturalmente e sem esforço, para que a realidade chegue, para que as cores reapareçam. Silêncio, apenas silêncio. Percebe o alívio? Não somos multidão, embora nos façam muita falta as oportunidades de estarmos todos juntos. Como nos estádios lotados em homenagem ao time da Chape ou quando comovidos pelo gesto da atleta, durante os jogos olímpicos, que ampara a outra para cruzarem juntas a linha de chegada. Bastam essas memórias recentes para que o pensamento se transforme.

Veja isso! Não são as palavras corretas e os gostos iguais que dão ordem e segurança ao mundo. Não precisamos de proteção! Como naqueles momentos de solidariedade, todos os olhos bêbados de existência, nenhum risco, nada a temer, todos juntos. O tempo, quase como eternidade, de volta ao interior de cada pessoa. O tempo da rebeldia e do testemunho. Da delicadeza. Esqueçamos as orações e as súplicas, as promessas e os sacrifícios. Tiremos os olhos do horizonte, pelo menos por uns minutos. A luz só pode estar aqui. Mesmo que não seja o grande farol a nos guiar, mesmo que não seja aquela luz prometida. Mesmo que tenha a intermitência dos vagalumes.

Inspirado no livro “Sobrevivência dos Vagalumes”,
de Georges Didi-Huberman, editora UFMG.

A ATENÇÃO E A BELEZA

Tudo me ensina, portanto tudo me acalma. Sei, por experiência, que a atenção é minha vacina para não adoecer. Se distraído estivesse, o enredo dos enfrentamentos, xingamentos e disputas nas redes sociais me contaminaria os olhos, depois os sentidos e, em seguida, o mundo percebido desde meu posto de observação. E, assim, essa crise de versões apaixonadas invadiria minha vida, escureceria minha visão, entristeceria minha casa.

"Há uma grande ameaça", repetiria minha boca, já tão doente e cativa de outras vontades que seria capaz de jurar serem minhas. Ligaria, então, todos os alertas, assustado por todo o mal ainda por acontecer. As oportunidades se perderiam porque, cego de raiva e medo, não as veria mais. E diria, no meio do escuro em mim, cuspindo nos outros a dor subitamente minha: "Bando de canalhas!".

Mergulho no frescor poético da crônica de João Carlos Martins. Assim: "Vagalumes fazem o escuro parecer um céu estrelado que despencou sobre a mata. Pulsam como um coração: acende-esperança, apaga-solidão... Quero enxergar as luzes do escuro, do escuro do nosso tempo. Quero escutar os sons do silêncio, do silêncio do corpo, que prende uma fala em forma de feridas... Nascentes e lençóis d'água esperam as chuvas como órfãos procurando pais... Um silêncio nobre, como um monge,

trazendo no ar úmido a interrogação: O que pode haver além?"

Rio com João algumas alegrias: se não visse a beleza, não seria por culpa da paisagem. Lembro-me de imediato de Nivaldo grande poeta Lemos:

> "Atravessei a rua só e só não fui plenamente triste por um triz:
> Exatamente pela distância entre a saudade que eu de ti sentia
> E o calor do teu corpo que mesmo ausente em mim ainda ardia"

O olhar atento nos salva novamente da escuridão. Sem ele, seriam apenas vagalumes e ausência, insetos e saudade. Fosse a distração a regra do momento de cada um, nem teriam escrito nada, ninguém leria coisa alguma e estaríamos, eles e nós, os abençoados por aquelas palavras, mais vulneráveis aos enganos que adoecem o olhar. Seria a atenção uma manifestação do amor?

Pelo poder da comparação, o escuro pode ser a oportunidade de confirmar a opção pela luz. O triste, uma janela aberta para escolher de novo a alegria. A perda, traço sublinhando o tempo presente, as presenças que ficaram e a gratidão pelo que foi. Como o "poderia ser" não existe, só o que é pode curar. Porque tudo ensina, tudo pode nos acalmar. Desde que os olhos estejam atentos e não confundam por nosso o que é ilusão e, portanto, não é de ninguém.

UMA HISTÓRIA INVENTADA

Mulher e oito filhos pequenos, panela grande demais para o pouco que tem na cozinha. O espaço que a comida não ocupa no fogo, o homem o preenche com amargura. E dela se alimenta sem qualquer tempero, farinha seca sobre o assoalho da garganta. Sem dormir, sem dormir, sem dormir, noites a fio, o homem desesperado abre a porta da madrugada e senta-se na varanda. Lembra do próprio pai: "Esse menino não vai dar em nada, imprestável". Lembra dos seus próprios olhos a seguir a pipa voando por ele para ver o mundo estrangeiro por detrás da montanha, a muitos mistérios distante da roça.

O pai conheceu a fome e tem pavor dela. Ainda rapazola, a humilhação de não ter o mínimo para sustentar o corpo montou na cacunda dele e curvou sua coluna. Desde então, vive para correr da pobreza. E exigiu dos filhos a mesma ligeireza nas pernas, ensinou a mesma obsessão de sol a sol para nunca mais faltar. Mas aquele menino e sua linha de abotoar pipa no céu, aquele filho e seus olhos de sonhar, aquele amor imenso de calças curtas e pés descalços, agarrado à infância sem negociar braços com a enxada, não escuta o aviso, não entende o chamado. Nem a vara de marmelo lhe ensina a não desperdiçar as manhãs com meninices. Desesperado, o pai açoita: "Não vai dar em nada".

Os anos passam, o tempo transforma a figura do pai em memória. Não é mais o velho que sobrevive, mas o julgamento que o filho faz dele. De herança ficou somente a sentença: "Imprestável". Deslembra a história da fome que o antecedeu, esquece o sofrimento paterno à beira da cama do filho adoentado, as mãos duras, como a terra de onde brotaram, sobre as suas, mudas todas elas por não saberem artes de carinho. O menino estuda, faz curso técnico, é inteligente e preparado, mas não para em emprego. Cumpre a sentença.

São fantasmas que governam a vida do homem sentado na varanda. Da mesma forma, não é a fome que deforma o pai, mas os fantasmas que dela desencarnaram e, em seguida, possuíram seu corpo. A fome, ela mesma, é apenas fato acontecido, não existe mais.

O homem sentado diante da madrugada está exausto das suas tragédias pessoais. Assim, sem dar ciência, o fastio prepara o milagre. Desapegado daquelas memórias pelo cansaço, o homem diante de si mesmo percebe num estalo que o pai lhe deu o melhor que poderia oferecer. Mais, não tinha. Diferente, não existia. A sentença era blefe, apenas desespero, somente medo, assombração. Ele está livre e seus descendentes, com ele. Aquele rápido instante de lucidez poderá até ajudar a curar o pai de seu engano.

Esta é uma história inventada, embora pareça tão verdadeira. O final é feliz, mas poderia ser o oposto, não menos comum. Afinal, todas as coisas são santas. O inferno habita suas sombras. As aparências.

O COMERCIANTE, A GAIOLA E O HOMEM QUE AMAVA URUBUS

Era uma vez uma varanda, uma gaiola e um passarinho triste. O mais triste que já vi em toda minha vida. A varanda pertencia a um restaurante em Conceição do Mato Dentro, Minas Gerais, e o passarinho à natureza. O dono do restaurante, no entanto, acreditava que o passarinho era dele. Por impossibilidade, a posse jamais aconteceu, mas a separação entre a natureza e seus filhos, sim. A pequena ave não conseguia mais, com o seu voo, ajudar no trabalho diário de alinhavar o céu na terra.

Durante todo o tempo que ali permaneci, o passarinho não fez sequer um movimento. Estático sobre o poleiro, olhava para a paisagem, com a montanha ao fundo, de costas para o homem que julgava possuí-lo. Tentei em vão comprá-lo para soltar em seguida. Aquele que o prendia, porém, se recusava a negociar. Argumentei que o passarinho ia morrer de tristeza, que não cantaria e, argumento extremo, era até feinho, todo marrom, sem variação de cor.

"Ele não é cantador e suas asas estão cortadas", foi a resposta final para pôr fim à conversação, levada a mim por uma garçonete, mediadora das tratativas. Entendi, então, que não adiantava insistir: a gaiola verdadeira era bem maior e submetia, além da ave, a pessoa que, de igual modo, não cantava nem voava. O passarinho apenas projetava miséria alheia.

Era uma outra vez, anos depois, um eletricista que atendia por Chichico, embora não fosse gago. Ele me contou, enquanto tomávamos café e olhávamos o céu, que havia salvado e criado dois filhotes de urubu tempos atrás. Todo final de tarde, quando chegava em casa, as aves desciam no seu quintal para comer e brincar. Dançavam para ele; e ele, para seus filhotes. Foi o que me contou, imitando a divertida coreografia, como faria uma mãe ao relatar as peripécias dos filhos.

A alegria de Chichico começava no caminho de volta para casa, quando, dirigindo, cabeça para fora da janela, procurava no céu os dois urubus e os identificava sempre sobrevoando o automóvel. Minutos depois, saía pela porta da cozinha para encontrá-los, levando nacos de carne de presente. Repetiam os passos da amorosa dança e, ao se despedirem, o eletricista Chichico voltava para dentro de casa tomado de uma alegria difícil de explicar, mãe de dois urubus e filho da natureza tanto quanto seus filhotes. Não importa que estivessem crescidos, pois, para uma mãe orgulhosa, serão sempre crianças. Não importa que fossem urubus e ele, um ser humano — ao contrário, o prazer estava no desaparecimento das diferenças naquele momento de encontro.

E assim terminam essas histórias, verídicas ambas, sem uma moral a concluir o relato, que no mundo, antes do certo e o errado, é o alegre e o triste que fazem a diferença de viver.

LEITO DE CTI: UMA PAISAGEM

Meu pai nunca coube no molde tradicional familiar. Suas medidas sempre foram exuberantes, seja no volume da solidão, seja na descomunal curiosidade pela vida. Não falo da solidão de estar desacompanhado. Isso nunca o deprimiu, quando aconteceu. Mas de uma solidão de infância, de uma percepção antiga e equivocada de não ser amado, depois transformada em dívida cobrada com frequência e nunca paga. Não há contabilidade nas relações humanas, e ele perdeu muito tempo fazendo essas medições impossíveis, reduzindo o espaço de compartilhamento da porta para dentro de casa.

Amava trabalhar. Foi engenheiro sanitarista da Mendes Júnior na Mauritânia e no Iraque. Amado e respeitado pelas equipes que comandou, brigava por eles como se fossem sua família, mesmo que precisasse enfrentar a chefia, como o vi fazendo. Tem um coração tão desmedido que, certa vez, financeiramente falido, viu uma menina de rua com o rosto colado numa vitrine. Era véspera de Natal e ela olhava fixamente para uma boneca. A garota ganhou o brinquedo e ele, contentamento, embora o impacto da medida tenha sido desastroso para as finanças domésticas.

Depois dos 50 anos, descobriu o talento para a literatura, escreveu dois romances e muitos poemas, quase todos românticos. Os restantes versam sobre aquela solidão. Filhos, somos

nove, de dois casamentos. Os amores, muitos, embora já passasse bem dos 70 anos quando, separado pela segunda vez, me confidenciou ainda procurar a mulher de sua vida. Ele a teve, em mais de uma oportunidade, mas não percebeu porque, na sua matemática pessoal, ao produto sempre faltava alguma parte.

Tem hoje 87 anos e está deitado num leito de CTI, entubado e sedado, lutando contra uma septicemia. Olho para ele e, entre nós, há um grande silêncio. Ele não vai dizer nada que me agrade ou desagrade, nenhum gesto confirmará uma velha referência sobre seu jeito de ser, ou qualquer expressão peculiar será dita para estabelecer um diálogo entre velhos conhecidos. Até mesmo o indicador torto pela artrose está escondido debaixo do lençol.

Nada nele me distrai. Posso olhá-lo longamente sem ouvir a pergunta: "o que é que foi?". O tempo também dorme. O passado não tem sentido ali, a não ser para acusar pequenas máculas que porventura resistam depois de tanto perdão entre nós (é verdade, temos nos perdoado bastante nos últimos anos).

Foram muitas brigas e desentendimentos, anos separados. Eu disse a ele palavras que me feriram os lábios antes de abandonarem minha boca. O sangramento nele já escorria antes em mim, como é da natureza de qualquer ataque. Mas aproveitamos toda essa distância para construirmos sobre ela uma ponte. E hoje o amor é tanto que nos liberamos de toda culpa. Nem sabemos mais quem é pai e quem é filho. Na verdade, não me importa se ele decidir partir ou ficar. É tão forte o vínculo, que o corpo tornou-se desnecessário. Peço a Deus, apenas, que ele não sofra mais, nunca mais.

A MORTE E O AMOR

A experiência da morte, de ver alguém muito amado partir, tem a intensidade de viver. Não de morrer. Ela, a morte, não se veste de negro nem carrega uma foice. Não mata, não conclui, não ceifa. Traz consigo, em vitrine, os mistérios mais profundos, pronta a falar sobre eles como diligente professora. É, na verdade, ponto de encontro, de início imaginado para as dores, mas quem apareceu na hora marcada foi o amor. Terna e macia, ela bebeu minhas lágrimas por doação sem medida. A vida segue seu caminho, não importa até onde a vista alcance.

A mim, a morte começou por ensinar o respeito ao fluxo dos acontecimentos, à natureza livre da realidade e dos seres que somos. A dimensão deste espaço de existir guarda todos os segredos da paz, a essência da felicidade. Ao contrário, alertou, a idealização quer capturar e tornar cativo. Reduz a imensidão a um cubículo e as oportunidades, a apenas uma.

É ave que pousa em minha janela, linda em cores e canto, e me deixa maravilhado, a ponto de saltar sobre ela e jogá-la dentro de uma gaiola. Para que nunca mais vá embora. Aprisionada, porém, ela não canta mais, nem voa. Torna-se memória da beleza sem ser bela mais. Sofro porque sinto que perdi um tesouro, e o motivo para tamanho prejuízo traduzo como não merecimento. A ave não gostou de ficar, suspiro, sem perceber que a ave idealizada é mera imagem da ave real. Desbota com o tempo.

Quando algo me toca e desperta a essência do ser que dorme em mim o sono profundo dos mortais, experimento a felicidade. A dimensão do eterno. Procurar reter a fonte do encantamento não torna permanente a alegria. Antes, me adormece mais profundamente, me faz prisioneiro da malha do tempo.

Meu pai se foi na semana passada, mas poucas horas antes, enquanto seu corpo entrava em falência num leito de CTI, fez algumas visitas. E derramou sobre nós uma paz indescritível. Já não me lembrava dele em feições físicas, mas como um ser de luz e sabedoria. Na mesma noite, porém, ele bateu seguidas vezes na porta da minha varanda e, no dia seguinte, na porta do escritório. Pensei: como se pedisse socorro?

Mas como um ser de luz pode estar perdido? Aquela paz, dada a mim como presente derradeiro, se foi. Em lugar dela, confusão e angústia. Acordei no meio da noite depois de, em sonho, assaltar um banco. Então, compreendi. Era como se ele dissesse: "Filho, não roube de si a liberdade, não tire de mim a alegria de estar no fluxo da vida. Não me enquadre na moldura, não me idealize, não me prenda na sua memória, não tenha de mim uma imagem, por melhor que seja. Deixe ser, deixe seguir, não há vida em águas paradas. Rasgue o discurso pronto para poder ouvir o que te digo".

Se conto tudo isso em espaço tão público é porque não posso guardar em lugar escuro, sob risco de esquecimento. Ao final das contas, todas as pessoas formam apenas um par de olhos, e eu não poderia deixar de dizer, antes de adormecer novamente: nunca, para mim, o amor foi tão profundo.

AFONSAMENTOS

O poeta olha o mundo e não encontra o que procura. Ao contrário, vê o que deseja perder e não achar mais. A hostilidade roça as pernas de Afonso Borges, com cheiro desagradável de cachorro depois da chuva. Ele a fotografa e publica como crônica de segunda-feira. Assim: "Hostilidade não é, necessariamente, agressão. É um meio caminho para a porrada. A pessoa empurra a outra, machuca, mas cuida de segurar para não cair. Mas é hostil. Para no sinal fechado e continua acelerando leve, para incomodar o pedestre. Tenso. No cruzamento, procura o olhar do outro motorista, para sentir a direção. Um quase ódio. No trânsito, quase sempre lento, pensa em modos e formas de atingir alguém distante. Sem matar, sem machucar, sem sangue. Só hostilidade."

Procurei no vago, como diria Rosa — o João —, e minha mão trouxe lá de dentro uma memória de dor, dissimulada e depois barulhenta. Ruge como besta- fera, mas tem corpo de indigente. Para entendê-la, olhei para os outros através de mim — as mesmas argilas tocadas pelo mesmo sopro — e passei o bisturi. Dissequei sem piedade a hora exata do surgimento daquela memória, normalmente despercebida. Para abrigá-la, surrupiei do imaginável uns pedaços de realidade para inventar uma cena comum.

Eu estava na direção, mas era apenas do automóvel, seguindo o fluxo, mais um carro entre tantas separações. A mente trabalhava à solta, como quem remexe quinquilharias, de preferência aquelas que confirmam a vida como estamos acostumados a percebê-la: com dor e culpa. Quem se declara inocente, acre-

ditava, blasfema contra Deus. Descobri entre duas costelas um medo de perda, e ele me torturou a alma e embaçou o olhar. A ideia adensou emoções, fez-se palpável, trouxe sensação de abandono e solidão — essas dores cultivadas, único patrimônio das pobrezas. Depois ela disse: "É porque você não merece".

E como eu precisava de culpados para aquele sofrimento, fechei a passagem para o carro do lado que dava seta para trocar de pista e acelerei para assustar o motorista da frente. Como disse Afonso, não matei, não machuquei nem derramei sangue. "Só hostilidade". Mais culpa que isso eu não suportaria.

O que, de início, era apenas pensamento torto, de desnutrida aparência, miserável "se", me encolheu de pavor e me fez separado dos outros. Esparramei hostilidade, adoeci e, num átimo, também as pessoas à minha volta. Dei material para outras mentes, sedentas, de igual forma, de quinquilharias. A fantasia se multiplicou como se fosse realidade, e nós acreditamos nela. Separados uns dos outros, o trânsito piorou.

"Aprendi, com tanta hostilidade que, subitamente, todos têm muita certeza de tudo. Ninguém mais duvida de nada. As opiniões seguem o ritmo alucinado dos algoritmos. E eu, calado, ouço, leio, observo. E aprendi a resposta certa e definitiva para quase tudo: não sei". Lavo-me da dissecação nas águas de Afonso. O trabalho está feito: anatomia das dores fabricadas, flagrante do sofrimento em pleno cultivo, longe dos dedos de Deus, o momento exato em que as sombras projetadas assumem aparências de realidade e criam o mundo em que acreditamos viver. Todas aquelas dores.

De olhos abertos, graças à luz da atenção, vejo alegrias onde aquela memória tateava abismo.

REVOLUCIONÁRIO

O nome dele é Ruy, mas na faculdade era conhecido como Liberruy, uma referência à sua opção maiúscula pela Liberdade e Luta, a Libelu, tendência de esquerda radical do movimento estudantil naqueles tempos de resistência à ditadura militar. Corria o ano de 1979, e Fernando Gabeira, de volta do exílio, lançava a sunga de crochê cor-de-rosa na praia de Ipanema e a política do corpo como nova frente de luta. O slogan era "curtir o corpo numa boa".

Liberruy, sempre revolucionário, entendeu a mensagem e abraçou a causa. O problema é que entre o abraço e a prática se colocou, austera como uma madre superiora, a timidez do militante. Sim, porque o primeiro desafio a que ele se propôs foi nadar pelado! O que fazer? Era a pergunta que, atormentado, levava quase que diariamente à discussão dos colegas. E o mais que colhia para resolver seu dilema existencial era a insensibilidade alheia: "Pô, Liberruy, vai nadar pelado de uma vez!".

Esgotada a discussão teórica, surgiu a oportunidade. Um grupo de amigos resolveu curtir uma cachoeira em Ouro Preto no fim de semana, e lá se foi o nosso personagem com a bandeira da política do corpo estendida sobre os ombros. Às margens plácidas do ribeirão, ele dirigiu-se a uma companheira de passeio e libertou o brado heroico:

— Você se importa se eu tirar o calção?

Não, nem ela, nem ninguém. Até olharam para o outro lado em solidariedade. Munido de toda a coragem que conseguiu reunir naquele momento histórico, foi hasteada a bandeira e baixado o calção. Ele estava ali, ainda ofegante em seus primeiros minutos de prática revolucionária, quando a classe média opressora reagiu. Não podia ser coincidência, estava tudo organizado para sufocar a revolução!

Pois não é que naquele exato momento, bem em frente ao lugar onde Liberruy ostentava sua ideologia libertária, saiu da mata um grupo numeroso de pessoas, formado principalmente por velhinhos, criancinhas e mulheres conservadoras e moralistas, rigorosamente vestidos? E não é que todos ficaram olhando para a carta programática do Liberruy enquanto caminhavam sobre a água? Caminhavam sim, porque a lâmina d'água não passava de um palmo de profundidade, o que dificultava qualquer tática de reação revolucionária.

Liberruy fez cara de paisagem, resistiu à tentação de bater em retirada e foi se ajoelhando, depois sentou, e, na falta de panos, jogava água sobre o que nele era a enrugada e diminuta lembrança de uma revolução. Desde então, na salinha do café, onde a turma de faculdade se reunia antes da aula, nunca mais se ouviu qualquer repreensão às dúvidas existenciais do pupilo de Gabeira. Não por solidariedade ao amigo, mas porque Liberruy nunca mais tocou no assunto.

ALFREDO E O TEMPO

Alfredo tinha 8 anos de idade quando seu pai cruzou a soleira da porta de casa para nunca mais voltar. Passou a vê-lo com frequência no elevador do prédio, mas agora como um estranho. Mora dois andares acima, no apartamento de uma vizinha, de quem sua mãe gostava como amiga. Não gosta mais. A foto dela e do "falecido" vive agora de cabeça para baixo, escorada em vela, no banheiro da suíte. Dentro de casa, antes alegre e acolhedora, só se fala num assunto (aquele). O resto é silêncio, som de tv quando a noite cai e silêncio. Uma das torneiras da cozinha começou a pingar no dia do abandono e continua sem conserto, a marcar o compasso da tristeza. O menino inventou uma asma: a bombinha abre-lhe os brônquios sempre que a perplexidade o paralisa.

Os anos passam alucinados, galopando o ponteiro dos minutos. Alfredo, à beira do túmulo, despede-se da mãe e do câncer que exigiu anos de cuidados e sofrimentos. Todos estão aliviados, a começar dos gêmeos, loucos para ir embora e aproveitar o resto de domingo na piscina do prédio, antes que anoiteça e a mãe chegue para pegá-los de volta. Para eles, a avó nunca foi mais que um personagem cinzento e distante. O avô conhecem só de o verem apontado por dedos indicadores de vizinhos mesquinhos. Tal qual Alfredo quando era tão pequeno quanto são agora, eles também não entendem aquela situação, mas res-

peitam a distância recomendada. Os meninos estão alegres: o apartamento, agora, é só deles.

A luz varia de intensidade, vai e volta, os cabelos de Alfredo embranquecem, as rugas aparecem. No caminho da suíte à porta da sala, ele envelhece 30 anos. Quando abre o elevador, a coincidência acontece pela primeira vez desde o dia do abandono: pai e filho encontram-se sozinhos, sem ninguém para servir de biombo. Eles se olham. Um, de bengala, encurvado pela direção que o olhar tomou desde então; o outro, as mãos aflitas em busca da bombinha de ar nos bolsos da calça. O encontro dura o tempo de um relâmpago ou de uma impossibilidade. O velho pede licença e sai em direção à escada.

A luz retorna e encontra Alfredo sentado na poltrona da sala. É noite. Os gêmeos levam seus filhos para dormir, e eles próprios também vão descansar. O velho alegra-se com tantos beijos e abraços de boa noite. O silêncio aos poucos se estabelece e revela o som da torneira pingando na cozinha. Ele não sorri mais. De repente, assusta-se, puxa o ar ansiosamente, suspira e sua cabeça pende para o lado. Aplausos interrompem a morte de Alfredo. A luz é novamente acesa e o homem se levanta, mas não é mais Alfredo que o faz. Quem agradece a ovação é outro ser. Alguém sereno e alegre, alguém que brinca com o tempo e volta para a eternidade.

AS NATUREZAS DO TEMPO

O tempo não é apenas um, mas dois. Existe aquele tão antigo quanto o planeta, onde as pessoas podem estar como em uma oficina natural de criação; e existe este, inventado pelo medo para aumentar os sofrimentos e a produtividade. Um está na subjetividade; o outro move relógios. Um pode ser esticado ou encolhido, a depender do estado de espírito de quem o utiliza; o outro tem 24 horas e nada mais que prazos. Um só tem o presente; o outro apenas passado e futuro. Um é presença; o outro, ausência. Um acolhe; o outro desabita.

No segundo tipo, o dos prazos, o maior objetivo da humanidade — a felicidade — só pode ser encontrado amanhã ou depois e, nele, precisamos nos esforçar ao máximo, assumir nossas culpas e melhorar a nós mesmos incansavelmente para merecer a renda e, mais à frente, a paz e a alegria. O futuro, aliás, parece ser uma coisa muito, mas muito bacana porque nele a gente pode ser o que quiser! Nele, e somente nele, o ideal é possível. No presente, o ideal só existe como métrica do que poderia ser, mas nunca é: a culpa mede, compara, depois aperta o laço do desconforto em torno do pescoço.

O problema do futuro é o passado e sua capacidade de atrasar as pessoas na conquista de suas metas. A sacola de ontem é difícil de carregar, pesada de tantas mágoas, disforme pelo volume sempre assimétrico do não merecimento, barulhenta demais graças aos chocalhos dos conceitos de cada um sobre si próprio.

Quinquilharias, velhos apegos. Como as incertezas são da natureza do tempo dos relógios, o medo do que virá acaba atrapalhando o que o futuro pode ser. Por tudo isso, a felicidade acaba encontrando abrigo apenas no paraíso, lugar a que se pode chegar "depois de" — tipo de biombo, a que se chama também de morte.

No outro tipo de tempo, as regras são outras e o paraíso pode ser encontrado agora mesmo. O tempo é tão variável que uma música súbita e linda é suficiente para alterar sua modulação e até mesmo pará-lo. Nele, costuma-se rir da ideia de futuro, e o passado se usa apenas para comparação entre o que foi e o que é. Os olhares estão sempre atentos porque a vida é intensa, já que não se pode viver ontem nem daqui a pouco, só agora.

Pelo mesmo motivo, só naquele primeiro tipo de tempo, o da presença, é possível experimentar Deus. Não se consome fé por desnecessária, pois como a vontade Dele só pode se manifestar neste exato momento em que seus olhos percorrem estas linhas, nunca na inexistência do que já passou, ou ainda está por vir, podemos ser Dele testemunhas. As crenças, na verdade, assim como os dogmas e outros tipos de certeza, só são indispensáveis no tempo dos relógios, quando, na impossibilidade de estar no presente, o sujeito só sabe de si pela sombra projetada na calçada.

Como, por razões que me escapam, vivemos mais nesse primeiro tipo de tempo que no outro, não causa surpresa que tragédias aconteçam com frequência, como crianças morrerem esquecidas dentro de automóveis ou pessoas acreditarem que derramar o sangue alheio leve à porta do paraíso. A gente nem pode condenar os responsáveis, afinal, na ausência de nós, tudo pode acontecer a qualquer um.

ZEZINHA

Minha mãe não sabe mais beijar. Ela morde quando lhe pedem um beijo, embora desconheça, também, o que significa morder. Maria José, a Zezé, que sempre foi alegre e amorosa, tem Alzheimer. E se escrevo isso com os olhos marejados é de saudade de quem ela foi e gratidão pelo bem que nos faz. Minha mãe não sabe mais beijar — e este fato por si só traduz todo contraste que pode haver na vida —, mas o amor sobrevive nela sem necessidade de gestos. Palavras, pelo menos as que se articulam para fazer sentido, não existem mais em sua boca, mas não há quem se aproxime de Zezé e não sinta a ternura que vem dela e está em torno dela.

Se a memória pudesse ser transformada em fotografias, certamente haveria uma em que ela está sentada em uma pedra descascando laranjas para um bando de crianças — os filhos e os sobrinhos. Em outra, divide a mesa com os filhos, os sobrinhos e nossos amigos, tomando uma caipirinha para acompanhar nossa cerveja, rindo seu riso solto. Em uma terceira, está triste, digladiando com os fantasmas do seu passado, do seu jeito franco e aberto de lidar com as dificuldades, o que mataria de fome os terapeutas, se dela dependesse seu sustento. Minha mãe não trancava segredos em gavetas, não ruminava mágoas nos cantos da casa. Sempre rebelde, falava deles abertamente, dispensava a

cerimônia. São fotografias, claro, imaginadas por mim. Outros poderiam enquadrá-la de outra forma. A memória é apenas um jeito pessoal de dobrar e guardar uma versão da realidade. É dessa forma que a trago comigo.

O Alzheimer é assim: a pessoa que era não existe mais. Morre, insepulta. No lugar dela, chega a surpresa, outra pessoa muito diferente, trazendo uma mala de dificuldades. Minha irmã Lúcia, que mora com nossa mãe, mais de uma vez me ligou pedindo socorro para ajudar a contê-la em suas crises de terror e ira. Outras vezes, teve que lidar com os delírios sozinha, ou ao lado da filha Sarah, madrugadas adentro. Tradutora de francês, perdeu trabalhos importantes porque não conseguia conciliar as funções. Antes dela, outra irmã, Paula, viveu dificuldades ao cuidar de nossa mãe. Derramaram, todas elas, muitas lágrimas: a vida transformada em uma prova de resistência, das mais difíceis, sem pausa para descanso. Uma infinidade de remédios testados e substituídos, uns após os outros, incapazes de eliminar o medo e os delírios e trazer a vida de volta ao padrão das dificuldades rotineiras.

O tempo — sempre ele — nos ensinou, porém, que o Alzheimer, além de uma doença, é um processo de cura. Ao cortar os laços com a realidade e perder a memória, minha mãe vem desfrutando da necessária ausência das velhas referências para encontrar-se em essência. Acalmou-se. Nós aprendemos desde o início que só há um jeito de lidar com a demência: o amor. Todas as vezes que a impaciência venceu e o perdemos como referência, a situação ficou incontrolável e perturbadora. Lidar com nossa mãe, desde que a doença começou a se manifestar, exigiu que en-

trássemos em contato com o que temos de melhor. E, cuidando dela, curávamos a nós mesmos. Tudo o que amor toca, transforma, e isso vale, claro, para tudo na vida.

Hoje, para nós não existe mais Zezé, mas Zezinha ou "meu bebê", como prefere Lúcia. Minha irmã me contou, do alto da pessoa em que vem se transformando, que Zezinha, na verdade, não desaprendeu a beijar. A alma dela é que não precisa mais da boca.

REMÉDIOS E O GAJO DE GUARUJÁ

Ela nasceu Maria dos Remédios no interior do Rio de Janeiro, caçula de 12 filhos. O pai, rico e tradicional fazendeiro, a queria assim, rapa do tacho, para o resto da vida. Chorou escondido quando a filha anunciou a intenção de casar-se. Depois deu a ela seu desespero como presente: "Não vê como é feia?!". Inútil: ela queria uma vida só para si. O noivo há muito tinha saído de casa com a desculpa de fazer faculdade, mas fugia, na verdade, de maus tratos. Desejava ser cuidado, queria mulher e filhos, assistir novelas de tv e tomar sopa de legumes ao anoitecer, ir ao estádio de futebol aos domingos e ser feliz para sempre.

O casamento naufragou depois de 20 anos por falta de intérprete entre os dois. Cinco filhos sobreviveram. Ela achou que nada mais seria adiado e, enfim, teria uma vida só para si. Nem tinha 40 anos, mas era como se tivesse 20. Descobriu abundantes provisões de riso esquecidas entre frutas de cera, espanadores e alvejantes. No sexto dia, inventou a tarde de sábado para reunir os filhos e os amigos, beber, falar bobagem e dançar.

Num verão em Guarujá, cruzou seu caminho um português de bigodes fartos. Tantas foram as exclamações que não houve tempo para reticências. Apaixonaram-se. Ele tinha rodado o mundo e fazia pequenos contrabandos quando fugiu para o Brasil, comprou uma mercearia e sonhava ter um ponto de bi-

cho. Amou aquela mulher com a gratidão de quem nunca imaginou encontrar amor algum. Ela, para não ser mais velha que ele, achou a certidão de nascimento, sapecou dois traços no último algarismo de seu ano de nascimento e, assim, deu trajes de 7 ao que era 1. Por fim, descartou o próprio nome e chamou-se Lara.

Até o fim das férias, ela e seu gajo namoraram, conversaram sem parar, riram de perder o fôlego, foram à praia, dançaram e beberam — ele, chope; ela, cuba-libre. Nos intervalos, saltavam juntos do trampolim da experiência para mergulhar em torrenciais crises de ciúme. Ela batia a porta do carro e saía histérica pelo calçadão. Ele engatava a primeira, parava um pouco à frente e descia correndo:

— Lara, Lara...

Ela fingia que o português não existia e atravessava a aflição dele como quem não enxerga assombração. Todos os anos as mesmas cenas, alegria, chope, cuba-libre e ciúmes: tim-tim! Difícil era esperar o próximo verão. Ele escrevia; ela tomava remédios para não ver se arrastarem os meses que a separavam de janeiro. Houve o pedido de casamento, mas ela teve medo. Cansado de ser feliz apenas nas férias, ele preferiu tocar a vida como antes, sem tantas emoções. Casou-se com a prometida, também do Alentejo, e tiveram três filhos.

Quando a velhice enfim alcançou Remédios, trouxe consigo um AVC. Ela não se lembra mais das tardes de sábado nem dos verões em Guarujá. O português, quase octogenário, se deixa ficar no terraço nas noites estreladas e sussurra de saudade: “Lara, Lara”.

TEMPO, TEMPO, TEMPO

Era de tarde, véspera de feriado, e eu acabava de pegar um táxi na Avenida Atlântica, em Copacabana, em direção ao Aeroporto Santos Dumont. Viagem de volta a Belo Horizonte. O motorista estava num estado de espírito peculiar: cansado, faminto e alegre. Aquela satisfação que surge no meio da fadiga, quando a mente se liberta das referências físicas e dos pensamentos negativos e relaxa. Dirigia esticado no momento como quem se deita na rede sob a sombra de uma árvore em hora de sesta.

— A cidade está cheia de turistas. É tanto serviço, que eu ainda não consegui almoçar — comentou sem qualquer tom de reclamação. Já passava das 4 horas. Paramos num sinal luminoso ao lado de outro táxi. Debruçado na janela, o braço esquerdo estendido para fora do carro, o outro motorista ignorou minha presença e dirigiu ao colega um desabafo de sentenciado no corredor da morte.

— Que dia péssimo! Melhor largar essa merda e voltar pra casa. O dia todo rodando e não peguei um passageiro. A cidade está às moscas!

Incidente geográfico no meio do diálogo, aproveitei minha invisibilidade para observar sem cerimônia o personagem. Estava transtornado. Angústia, raiva e, com certeza, alguma culpa vagavam pelo seu rosto e davam a ele o mesmo ar sombrio com que os solitários caminham à beira-mar ao cair das tardes de inverno.

Antes que eu dissesse "Como isso é possível?", o sinal abriu e arrancamos. A resposta à pergunta não enunciada veio antes que a primeira marcha chamasse a segunda. Um homem aflito desceu acenando do passeio e quase entrou na frente do carro, mas o taxista sem passageiro não o viu. Continuou sua sina, amaldiçoando a vida e sua falta de sorte, com o rosto virado para o outro lado.

Para onde vão os olhares ausentes? Sem medo de errar, para aquele mesmo lugar, nosso velho conhecido: o desvio de caminho em que os olhos se perdem da realidade, enfeitiçados por uma dor feita sofrimento, por um equívoco de percepção, desses que a rotina oferece às dezenas, tragados por um simples erro de interpretação, um julgamento — qualquer um é o bastante —, uma condenação de alguém por falha "imperdoável" ou pela simples possibilidade de tê-la cometido. Desse mirante no passado, como se não houvesse presente, volta-se para o ponto de onde imagina virá o futuro. A vida suspensa no ar, por falta de lugar para acontecer.

Naquele dia, o tempo do motorista sombrio seguiu com ele, disposto a repetir-se tantas vezes fossem necessárias até o despertar do delírio, de volta à paz intocável da realidade. E aí, neste momento santo em que os olhos já não se voltam para trás, maravilhados com a luminosidade de todo o cenário, o taxista perceberá que andava tendo pesadelos na crença de que vivia. E tocará a eternidade ao entender que o momento presente nunca acaba.

TIAGO E O MAR

Fim de tarde, alguns barcos de pesca ancorados logo depois da arrebentação. O menino brincava na areia. De repente, interrompeu a correria, enlaçou as mãos às costas e olhou para o horizonte. O tempo parou. A água lhe tocava os pés, mas ele não prestava mais atenção a ela. Sem saber que em breve partiria, observou a paisagem sem perceber limites de separação entre seu corpo e o mar. Tudo e ele eram a mesma coisa. Para qualquer direção que se virasse, sua casa. Ele olhava por nós, nossa casa, mas tal como todos os outros também partiria para o estrangeiro e, igualmente, se esqueceria do lugar de onde veio.

— Tiago, está na hora. Vamos embora!

E Tiago se foi, assim como seus pais um dia se foram. Seu corpo, apenas pernas para correr e mãos para criar, ganhou outra serventia e começou a ser o Tiago. Foi crescer e ganhar a vida, trocar a pele do olho para aprender a olhar o mundo como gente grande. O antigo jeito de observar a paisagem para sempre esquecido. O menino morrendo para ser reinterpretado como lembrança, personagem de um novo tempo a ser aprendido: o passado. No lugar do menino, o homem, o que é visto e julgado. Aquele que um dia envelhecerá, habitante de outro tempo, a ser temido: o futuro.

Agora, o mundo fica do lado de fora. O corpo de Tiago lhe tomou a função de casa e proteção. É aquilo que o diferencia e separa de tudo o que antes era parte dele. Talvez Tiago se forme na faculdade e tenha uma vida profissional bem sucedida, talvez se case e tenha filhos, talvez seja bem humorado e criativo. Serão seus passos no mundo, sua história, única e exclusiva. Muitos anos se passarão e um dia, quem sabe, Tiago volte à mesma praia e, num certo final de tarde, enlace as mãos às costas para olhar a paisagem, o mar e os barcos atracados depois da arrebentação.

Seus olhos buscarão o olhar que um dia observou o mesmo cenário, tempos atrás. Ele repassará a vida como se o tempo houvesse parado. Descobrirá muitas marcas, dores e alegrias, curiosamente iguais às marcas, dores e alegrias de outras tantas pessoas. Como se ele e os outros fossem algo maior que seus corpos, como se suas histórias, aparentemente únicas e exclusivas, fossem meras variações dos mesmos sentimentos e tivessem na origem substância única. Ou jamais teria sido capaz de perceber o sentimento de alguém apenas observando seu olhar. Ou haveria dores e alegrias únicas e exclusivas.

Talvez a curiosa coincidência de temas das diferentes rotas de vida tenha alguma serventia. Talvez estejamos todos fazendo o mesmo e longo caminho de volta para casa. Aquela casa que Tiago via para onde quer que olhasse quando brincava à beira mar. Pode ser que uma brisa levante levemente seus cabelos brancos neste momento e ele perceba a imensidão do mar para além da arrebentação. E nem se atente mais às ondas que molham seus pés suavemente.

ESCOLHAS

Quando o filho nasceu, a felicidade foi tão grande que ele duvidou que de fato o bebê era seu. Tensionou o corpo torto e olhou de lado para a mulher, deitada na cama de hospital. Ali, naquele exato momento, realizou a troca da alegria pela velha amargura. Poucos anos depois, quando o mundo ainda era ingênua percepção, o menino percebeu a assimetria do corpo do pai e, por admiração e lealdade, deixou cair o ombro direito e passou a andar coxeando levemente. O pai, nos escondidos de sua intimidade, respirou uma alegria. Pelas ruas, andavam os dois manquitolando, mais unidos que nunca.

O pai, que debitava no defeito físico e na mulher a culpa por sua solidão sem remédio, ensinava ao filho suas defesas. O garoto já não precisava fazer esforço para desalinhar o corpo e acreditava como seu, por herança, o jeito torto de ser. Sentia dores na coluna e nos ossos do quadril e ressentia-se de não conseguir jogar futebol com os colegas de colégio. Pelo pai ainda nutria o dever de lealdade e orgulhava-se por isso. Para disfarçar, baixava os olhos sempre que a raiva teimava em se manifestar.

O garoto cresceu, o pai envelheceu. A musculatura do lado esquerdo do moço alto e triste se desenvolveu mais para compensar a baixa desenvoltura do direito. Sem ter registro na memória do motivo daquelas dores, foi tocando a vida, enfren-

tando os desafios, matando um leão por dia, desenvolvendo virtudes que reduzissem o impacto do desalinho corporal aos olhos das pessoas, especialmente das mulheres. Casou-se e teve filhos, todos normais graças a Deus. Os pais, via só de vez em quando. À noite, ao deitar, repetia sempre o seu mantra: o direito à felicidade, mais dia menos dia.

E foi assim, de tanto procurar, que num fim de semana sem ter o que fazer, a família viajando, aquele silêncio chegou, completamente diferente de todos os silêncios que conhecia, pois que vinha de dentro e não fazia cessar os barulhos de fora, mas tirava deles qualquer relevância. Estava sentado no sofá da sala, ouvindo uma música suave ao cair da tarde, saboreando um bem estar gratuito. De repente, aconteceu: uma explosão sem barulho que fez vibrar suas costelas, seguida de intensa alegria. E nem foi preciso procurar entendimento de onde vinha aquilo. Era ele mesmo chegando.

À frente de seus olhos surgiu um curioso novelo que, quanto mais se desenrolava, maior ficava. Vinha passando de geração em geração, desde seu mais remoto ascendente. Não ficava melhor nem pior, mas mudava a cor, o perfume e a consistência ao tato sempre que mudava de mãos. Ele o segurou docemente e inspirou o seu perfume. Sentiu toda a história que o novelo contava, percebeu o quanto foi feito para que chegasse às suas mãos, vidas de lutas, dores e amores depositadas sobre seu colo. Levantou-se e, pela primeira vez em muitos anos, endireitou o corpo.

Mal podia esperar a família voltar para mostrar o acontecido. Não queria telefonar, preferia a surpresa. E os dias do

feriado foram passando e ele se acostumando à nova postura, saboreando aquela alegria que repentinamente o possuía como amante apaixonada. O tempo fluindo sua passagem. Na véspera da família voltar, estava inquieto. Uma nostalgia o amedrontava. Não era mais possível negar a si próprio que o velho arranjo dos ossos lhe fazia falta. Tinha dificuldades de se reconhecer no espelho. Os hábitos não cabiam mais na nova realidade, as justificativas para certas dores não mais se aplicavam. Não bastasse, ainda, o desconforto da adaptação à simetria.

Quando a mulher e os meninos entraram em casa, se jogaram sobre ele no sofá e o abraçaram efusivamente. Relataram as histórias da viagem, fizeram gracejos, deram risada, mas, a certa altura, manifestaram a estranheza. Ele estava monossilábico e sequer havia se movido do lugar para recebê-los. Atônito, o homem não sabia quem iria se levantar do sofá.

JOÃO FILÓ CONTRA O JACARÉ VERMELHO

Eu sou o João Filó, sou caçador de jacaré vermelho e tenho a força de 200 cavalos mortos. Meu nome de verdade é João Alfredo e eu sou filho do meu pai e da minha mãe, tenho um irmão grandão, chamado Neco, e o Biscoito, que é muito enorme também.

Meu pai nem desconfiava que eu era tão forte, mas um dia eu mostrei meu muque e ele ficou morrendo de medo e escondeu atrás da cadeira. Eu ri, né? É claro que eu não ia bater nele porque eu não tava com vontade e também porque é muito feio bater no pai da gente. Aí, na hora que ele viu que eu tava bonzinho igual antes, saiu do esconderijo e disse bem baixinho, pra ninguém escutar, que eu tenho a força de 200 cavalos mortos! Se fosse um só, não tinha força nenhuma, mas 200... 200 é muito forte!

Outro dia eu pulei a janela do meu quarto e fugi com o Biscoito pra caçar jacaré vermelho. A gente foi lá na África, que é um país lá longe, cheio de bicho bravo, floresta e rio. Eu nem levei minha espingarda porque não achei onde a mamãe guardou. Aí eu achei melhor levar o vidro de remédio Meutiolate pra sarar machucado enorme e pus na mochila. Meutiolate é um nome esquisito, mas não tem nada a ver com meu tio, que não é cachorro feito o Biscoito, nem o Biscoito é meu tio... Nossa! Será que o Biscoito é meu tio? Uai! Se ele for, meu tio late mesmo! É por isso que o remédio tem esse nome! Vou perguntar pra mamãe.

Quando a gente chegou no rio que tem jacaré vermelho, eu olhei, mas não achei nenhum. Então eu entrei na água bem devagarinho, só deixei o nariz de fora, e fui nadando. Aí veio um jacaré vermelho imenso, jogando água pra todo lado, e pulou em cima de mim. Eu agarrei o pescoço dele com minha força de João Filó, e o jacaré começou a chorar de dor, mas conseguiu dar um pulo tão grande que eu caí e fui lá no fundo. O jacaré pulou em cima de mim e eu fiquei um tempão sem respirar. Quase que eu afogo! Mas eu consegui fugir e fui correndo pro meio do rio e subi numa pedra muito alta com um anjo lá em cima.

Eu agarrei no anjo, e o jacaré ficou lá embaixo latindo pra mim, doido pra me comer. Mas aí ele cansou e começou a chorar pra eu descer. Nossa, era muito alto! Eu abri o berreiro! Foi uma confusão danada de gente mandando eu descer. Uai, se eu soubesse eu descia! Mas aí, minha mãezinha chegou, entrou do jeito que tava, feito uma, uma... superbaleia, e me tirou lá de cima. Xingou muito porque eu não podia atravessar a rua sozinho pra brincar na fonte da pracinha. Eu abracei o pescoço dela bem apertado, mas com cuidado pra não machucar minha mamãe com a força de 200 cavalos mortos. Ela riu, me deu um beijo e aí eu perguntei:

— Mamãe, é verdade que o Biscoito é meu tio?

FÁBULA DO CAVALEIRO UNIVERSAL

O homem seguia sozinho, montado em seu alazão, a passo lento. O chapéu de aba levantada até o topo da testa para diminuir o calor, a espingarda apoiada na perna e encostada ao ombro, cigarro de palha apagado no canto da boca. Remoía. Estrada de terra, o cerrado às suas margens sujo de poeira por obra dos torvelinhos de ventos breves, raro movimento naquela imensidão sem acontecimentos. O homem enfrentava seus demônios: um olhar amedrontado de menino antigo sob as ordens de sobrancelhas severas. Barba negra e espessa. Desse desentendimento falava a espada enlaçada por uma rosa, tatuada sob o braço esquerdo, para ninguém ver.

A montaria avançava lenta, e ele balançava a cabeça negativamente no mesmo ritmo. Vontade de passar fogo em muita gente, varrer do mundo a burrice, a injustiça, a arrogância. Essas facas de ponta que machucam as paisagens do mundo e entristecem os olhos. Tudo tão de graça, por conta de nada, nadica: haja sofrimento desnecessário na vida! Bastava um pouquinho só de humildade para resolver a maior parte das nossas mazelas. Povinho!

O homem passava e repassava a contabilidade do mundo. Deus na berlinda, cobrado por omissão e inércia divinas. E meneava de novo a cabeça: devagar demais esse Cabra! Ajeitou na sela o incômodo do corpo. Um calango experimentou o chão

quente da estrada, deu uma carreira até o outro lado e meteu-se no mato de novo. Sublinhava desacontecimentos, como sobejamente relatado no compêndio alquímico de Manoel e seus barros. No calor interno, aquelas memórias sangravam de novo, separações, perdas, remorsos que nem é bom pensar. Botou o cigarro atrás da orelha. Os olhos umedeceram, mas de raiva não permitiu que lágrima corresse. Ai delas se chorassem aquilo tudo de novo! Esquecer é borracha vagabunda, não apaga de vez, não faz desaparecer a caligrafia das lembranças.

O indicador esquerdo, por vontade de uso, roçou o gatilho da arma, mas aí a vista já tinha alcançado o velho debaixo da arvrinha. Achou que era engano, firmou a vista até a dúvida pedir desculpa: era, sim!, um velho e um realejo apertados sob a sombra mirrada da árvore de cerrado. No meio do nada: podia ser o demônio ou a vingança de Deus desafiado. Deitou a arma no colo e manteve o dedo nervoso na argola do gatilho. Quando o cavalo invadiu a sombra, seu senhor deu-se conta de que ela era desmedida, bem maior do que pareceu à primeira vista e fresquinha como garoa de cachoeira.

O velho girou a manivela do realejo e de sua caixa saiu uma música de beleza incomparável, acolhedora como colo de mãe, familiar feito roupas no varal, embora ele não se lembrasse onde e quando a tinha ouvido antes. "Este homem é uma morada", falou-se no interno de si o cavaleiro enquanto apeava. À sua vista, sem constrangimento, um sorriso de simplificada alegria dependurava-se na boca murcha sem um dente sequer. Só janelas a velha casa. Sobre eles, em lugar da tosca árvore de cerrado, estendia-se a copa de um carvalho centenário.

— Tarde...

— Boa! Se chegue...

— O vô tira a sorte?

— Quem tira é o periquito, mas de acordo com a intenção de vosmecê.

O homem pigarreou. Pensou um pouco, mas o ambiente era tão surpreendente e acolhedor que ele soltou as rédeas da língua:

— Pois eu quero jogar no fogo dos infernos essa raiva que me consome e, com ela, a memória de tudo o que passou.

— Tempo, hora de trabalhar.

Tempo, o periquito, andou sobre a gaveta de papeizinhos e tirou três.

— O moço escolha um, me dê o segundo e coloque o terceiro no bolso. Esta é a ordem de leitura.

O homem assim o fez e abriu o primeiro: "Mais importante que não perder cavalo encilhado, é saber o momento de apear". Ele olhou para o velho e, antes que pudesse dizer alguma coisa, Tempo levantou voo e passou sobre sua cabeça. Quando virou-se para acompanhá-lo, não o encontrou mais. Lá estava a estrada ensolarada de onde tinha vindo. Viu o calango atravessando o chão duro e poeirento e, no meio daquele calor lá fora, o alazão. Na sela, para seu espanto, era ele mesmo quem chegava, com cara de poucos amigos, a espingarda atravessada no colo e o dedo no gatilho. O cavalo parou diante de si, e ele montou, fazendo dos dois o mesmo cavaleiro.

A montaria retomou o passo e foi-se embora. E tudo se fez como antes. Diante dos seus olhos marejados de lembranças,

a mesma paisagem desolada. Lembrou-se do velho, e seu dedo quis o gatilho com fome redobrada. Chegou a puxar as rédeas para voltar, mas preferiu seguir adiante, juntar a decepção às outras tantas. Uma a mais não ia fazer diferença.

Horas se passaram, as ruminâncias, depois de tanta insistência, se foram e deixaram a cabeça vazia. Quando começou a procurar um lugar para descansar e esquentar o tropeiro, ouviu de longe a mesma música. O realejo! Lembrou-se da mensagem da sorte e apeou de imediato. Quando seus pés pisaram o chão, era ainda a sombra do mesmo carvalho. O velho rodava a manivela e sorria a alegria de antes. Esticou a outra mão e ofereceu ao espantado cavaleiro o segundo papelzinho: "O passado só existe como pensamento".

— Vosmecê acha que possui uma dor especial? As ilusões são sempre as mesmas! — riu-se o velho da bobice do outro.

O homem não encontrou o que dizer. O velho contraiu as bochechas e apertou os olhinhos num sorriso de afeto.

— Leve consigo este periquito. Ele me aborrece, mas enquanto estiver pousado em seu ombro, a sombra deste velho carvalho te protegerá. E, se não for pedir muito, me alcance esse níquel.

O cavaleiro se abaixou para pegar a moeda, mas quando se levantou o velho não estava mais, nem o realejo.

Aturdido com as estranhezas todas, montou no alazão e cutucou com os calcanhares a barriga do animal. Tempo levantou as asas levemente para equilibrar-se e o movimento do pássaro lembrou-o do terceiro bilhete. Retirou do bolso o papelzinho e o desdobrou: "Chega o relho! Devagar demais esse cabra!".

ATÉ QUE O SONHO ACABE

Poderia ser uma cadeira de balanço à beira de uma janela antiga, coberta por uma manta e ladeada por uma mesinha. Sobre ela um vaso com folhas verdes e aveludadas e uma flor vermelha de igual textura. A paisagem que se oferece pela vidraça faz parte de uma tarde de pouco sol, brisa suave e muitos passarinhos. Um par de chinelos descansa no chão. Seria útil de igual forma uma outra cadeira, posta sobre o amplo gramado do parque, voltada para uma árvore frondosa e muito bela, de galhos e movimentos teatrais como os de um cipreste. Amarrado num dos braços de madeira, um balão branco deseja o céu. Ou, ainda, uma bola de couro surrada, largada dentro do gol do campinho de terra, o tecido grosseiro exposto em alguns gomos rasgados por tantos chutes e divididas. Ao fundo um vozerio se afasta.

Serviria também um livro aberto sobre a mesa, banhado por uma luz matinal, e no meio dele, como marcador de página, um par de óculos de aros redondos e hastes dobradas. O silêncio marcado pelo pêndulo do relógio de parede. Quem sabe uma porta aberta, entrada para uma casa arrumada e de bom cheiro, com toalha de linho sobre a mesa, chaleira apitando sobre o fogão em chama baixa, um saco de papel com meia dúzia de pães frescos, e, na fruteira de louça branca, goiabas, mexericas e figos? Um cão sentado na soleira, com os olhos postos no quintal, chora baixinho.

Outra possibilidade: o quarto de hotel no fundo do corredor estreito, a cama ainda desfeita, um travesseiro caído ao chão, um caderno com anotações e poemas esquecido sobre a mesinha. Do banheiro chega o vapor do banho recente. O suporte para mala, vazio; o cabideiro de madeira, também. A cortina branca de voile ondula à frente da janela aberta. Dependurado na porta pelo lado de dentro, o chaveiro de ferro, gravado com o número 7, ainda balança. O corredor de piso de madeira range sob o peso dos passos apressados.

Por fim, se enfileiram como possibilidades a poltrona que ele sentava, a caneta de nanquim sem tampa que ela usa, a jaqueta dependurada no quarto do filho ausente, o chapéu do avô para sempre esquecido sobre o sofá da sala, a garrafa de cerveja depositada diariamente na geladeira para quando o marido chegar, o porta-retratos com a fotografia da amada sob o abacateiro do quintal e a dupla de redes onde eles se deitavam para a sesta. E a chuva que cai sobre os telhados do mundo, de frente às janelas e aos olhares que elas protegem da friagem.

As cadeiras, a bola, o livro, a casa ou o quarto de hotel. Cada cena serve para sublinhar o lugar de alguém, o espaço da chegada e da despedida, a fotografia de uma ausência ou da presença iminente. Tantas histórias andando pelas ruas, abrigadas pelas cortinas, subindo escadas, descendo precipícios, experimentando a umidade dos dias e a secura dos desertos. Tantos roteiros criativos para as mesmas histórias. Até que um dia esse sono passe, até que numa manhã o sonho acabe. E a gente, então, diga assim: “Ô Deus, que saudade!”.

VARANDA DO MUNDO

Uma casa, um velho sobrado de esquina por exemplo, amarelo de janelas brancas, pode ser, de varanda ampla e abrigada pela copa de uma amendoeira, com três ou quatro cadeiras distribuídas em linha rente à parede, e uma mesa, igualmente de ferro pintado de branco, vasos de avenca, samambaia chorona e suculentas, acomodados alguns em suportes fixados à parede, outros dispostos sobre a murada baixa. A porta de entrada tem duas folhas e uma maçaneta de desenho antigo, o metal descorado pelo calor de tantas mãos. O ranger das molas dá-lhe a memória dos repetidos movimentos de baixá-la para abrir e soltá-la para fechar. Ponto.

Essa seria a descrição fria e distante da casa e sua varanda imaginadas. Mas, definitivamente, não é tal relato desprovido de emoções, como caberia a uma construção agora mesmo criada, sem passado ou presente, sem moradores que deem a ela energia, cheiro e som. Bastou a menção às mãos para dar vida à sua arquitetura. Um minúsculo detalhe foi suficiente para emprestar os primeiros traços aos dedos fechados em torno do metal, dar contornos à pessoa e estilo às suas roupas, e permitir alguma especulação sobre as emoções quando, enfim, adentra à casa recém criada.

Antes das mãos, cada detalhe, seja a amendoeira ou as cadeiras e os vasos, a opção por um sobrado antigo ou mesmo a cor de suas paredes, me remete a referências do passado, mesmo

que não sejam minhas, mas nossas, resgatadas de tantos registros. A quem lê, tais pormenores despertarão, igualmente, acolhimento, nostalgia ou indiferença, talvez alguma angústia ou suave alegria. A casa fria e neutra inexiste mesmo na ficção.

Seriam as mesmas ou outras as reações despertadas se o cenário fosse um apartamento moderno, um parque, uma rua, uma mata ou uma escadaria. Na verdade, nada existe no mundo que não reflita experiências passadas. Isso me assombra. Sequer um objeto ou pessoa pode ser visto como realmente é aqui e agora. Sobre tudo pousa um olhar que acaba de chegar do passado. Os meus pensamentos dão ao que vejo os significados do que vi antes. Nada contemplo, tudo interpreto. Mesmo o completamente novo sobrevive nessa condição por um átimo, o tempo suficiente para ganhar uma tradução. E, então, envelhece. Sofre de uma velhice que não está nele, o ex-novo, mas no olhar de quem o observa.

E se na varanda está uma adolescente chamada Alice, só ela, sentada em uma das cadeiras de ferro? A depender de sua relação com o homem silencioso de roupas casuais que acaba de fechar a porta de entrada com suas mãos gordinhas de dedos curtos, Alice pode estar na varanda, porque ali é um lugar de aconchego e prazer para ela ou porque é seu espaço de solitário exílio. A varanda: "hífen casa-mundo", no belo verso de João Carlos Martins. Seja agradável ou perturbadora a experiência da menina, a varanda real, para os seus olhos, não existe. O mundo não existe! Em seus contornos e substância originais, ninguém o conhece, porque ele é agora. Mas quem o contempla são olhos de ontem.

CAPITÃO SUJEIRA E O COZINHEIRO CHINÊS

João Ribeiro faz de sua vida uma grande história. Conto aqui uma pequena parte, com alguns adereços meus, pois que não conheço todos os detalhes. Mesmo tendo ele corrigido alguns deles, como a profissão do chinês do título, mantenho o erro original por puro apego. Cozinheiro me parece mais poético e instigante que motorista. Não faço, porém, nenhuma invenção despropositada: as emoções humanas são por demais conhecidas e compartilhadas para permitir criações inverossímeis.

João era mestre de obras e torcia a boca para o apelido de Capitão Sujeira, presenteado a ele graças ao hábito de ir para o campo todas as manhãs com uma toalha de rosto branca sobre a cabeça, fixada por um boné. Quando voltava, o pano estava marrom de poeira. De família muito pobre, calçou o primeiro sapato aos 14 anos de idade. Apesar da penúria da infância, adorava ler e conhecia toda a obra de José de Alencar. Amava, ainda, a floresta amazônica e as lutas marciais.

Certa vez, somando todas as paixões, fixou residência em Rio Branco, Acre, ao final de uma obra de grande porte na região. Montou uma academia de jiu-jitsu — a única da capital — e angariou prestígio com sua força física e conhecimentos literários. Andava no círculo mais letrado e endinheirado. Alguns anos se passaram e apareceu por lá um sujeito muito forte. Apre-

sentou-se como o Sansão do Século XX, rasgou lista telefônica e tampinhas de garrafa e, por fim, desafiou publicamente o dono da academia durante entrevista a uma emissora de rádio. João usou de todo seu conhecimento contra o brutamontes e o derrotou. Mesmo famoso e admirado, com saudades do mundo, fechou a academia, rompeu o namoro com a filha do dono do cinema e fichou-se em uma obra longe dali. Depois de muitas andanças, chegou ao Iraque.

No acampamento da Mendes Júnior, em meio ao deserto de argila, descobriu um cozinheiro chinês que praticava, de manhã bem cedo, outra técnica de luta. O homem, magro e de cabelos brancos, aparentava mais de 60 anos, e João achou melhor pegar leve. Tomou uma surra. Nos dias seguintes também. E quanto mais apanhava, menos se apiedava da idade avançada do oponente. Os risos da plateia e a constrangedora fragilidade física do cozinheiro o estimulavam a usar cada vez mais a força. E quanto mais usava, mais rápida a derrota. Toda a sua técnica, capaz de nocautear o Sansão do Século XX, era inofensiva diante daquele senhor de sorriso constante e gentil.

Até que João se deu conta de que o chinês nunca tomava a iniciativa de atacá-lo. Apenas esperava os golpes e, com incrível agilidade, desviava a força dirigida contra ele, desequilibrando o agressor. João tornava-se, assim, vítima de seus próprios golpes. Era a ele próprio que atacava. O leitor de José de Alencar deixou , então, de competir e passou a aprender com seu mestre. Sobre a luta e sua metáfora.

PERFUME DE MALVA

Quando o sol da manhã iluminou a varanda, a porta se abriu. O homem veio de dentro da casa com um leve sorriso no canto da boca e uma xícara fumegante na mão direita. Ele sentou-se no longo banco de madeira antiga, pintado de azul. Pegou o biscoito de queijo no canto do pires, mordeu um pedaço e o colocou de volta no lugar. O primeiro gole de café inundou a boca de um antigo prazer. Ela chegou em seguida, depositou sua xícara sobre o banco e foi até o vaso de malva. Passou as mãos sobre os ramos, sorveu demoradamente o perfume e, com os dedos esticados, ofereceu o mesmo prazer ao marido. Ele segurou aquelas mãos conhecidas junto ao rosto e, de olhos fechados, levou à alma o cheiro e o momento inteiro.

A cachorra chegou abanando o rabo. Cutucou o braço dele com o focinho insistentemente até ganhar o carinho no peito. Com as orelhas abaixadas, dirigiu-lhe um olhar de tamanha humildade e agradecimento que o homem sorriu. Como de costume, deitou-se em seguida ao lado do banco e descansou a cabeça no chão entre as patas dianteiras. Ele olhou novamente para a rua. Uma borboleta azul capturou seu olhar e o conduziu até o canto do jardim, onde o deixou sobre as flores brancas e miúdas de um jasmim-estrela.

Estava sua atenção por ali, quando o vulto do vizinho surgiu sobre o muro baixo. O peito inflado, o rosto levemente

inclinado, pouco acima da linha do olhar, ele caminhava. O homem e a mulher seguiram seus passos, enquanto lembravam-se das ofensas que ele lhes havia dirigido por motivo tão pequeno: um acidente corriqueiro visto por olhos doentes de outras tristezas. Percebeu-se observado quando passava diante do portão e deparou-se com dois rostos sorridentes. Surpreso, interrompeu os passos, o semblante subitamente desanuviado.

— O café está quente. Vamos entrar.

— Que não pareça desfeita, mas estou apressado. Muito obrigado — ele sorriu e se foi.

O homem e a mulher se entreolharam. Dividiram o contentamento.

— Quer mais café?

— Hum-hum.

Ela voltou, entregou-lhe a xícara e sentou-se novamente. A cachorra, adormecida, grunhia baixinho. Ele imaginou, divertido, a quem ela enfrentava. Encostou a cabeça na parede e respirou fundo. O sino da igreja tocou ao longe, e ele teve uma sensação repentina e agradável de que estava prestes a lembrar-se de tudo o que não sabia, tanta coisa que não caberia em sua vida. Alegrias, por certo, tal o prazer que lhe massageava o centro do peito. Olhou para o portão e percebeu que aquela rua passava em muitos países, antes e depois de servir-lhe de endereço.

Sentiu uma súbita carícia e virou-se para ver de onde vinha. Era um vento azul clarinho soprando leve sobre sua cabeça. Ele procurou a mão da mulher sobre o banco e depositou sobre ela a sua. A humanidade aninhou-se no gesto e dormiu um cansaço milenar.

A SEMPRE SANTA REALIDADE

Julieta, digamos que seja este o seu nome, tem 11 anos e adora balé. Certo dia, a mãe chegou com uma má notícia: estava assumindo uma nova função no trabalho e teria que mudar o horário das aulas de dança da filha para a noite. Oprimida por uma timidez de silenciar a boca, a novidade doeu. Não bastasse, a nova turma era mais avançada e as colegas um pouco mais velhas que ela.

A menina entristeceu e, volta e meia, pedia para não ir à aula. Provocada pela mãe, as lágrimas esguicharam de seus olhos castanhos: não gostava da professora que a expunha frequentemente como exemplo de como não se fazer determinadas posições, embora algumas colegas errassem também. E deu outros exemplos que pareciam consumar um caso cruel de humilhação pública.

Indignada, a mãe convidou uma amiga advogada para acompanhá-la numa conversa com a professora, planejando, caso necessário, já colher subsídios para uma ação judicial. Foi aconselhada, porém, a ouvir primeiro e falar depois: "Respire!". Santo conselho. A jovem professora disse que Julieta estava indo muito bem, adaptada à nova turma, mas inquietou-se: "Ela tem se queixado de alguma coisa?". Após ouvir um minucioso relato das tristezas da menina, a primeira palavra da moça surpreendeu a mãe:

— Perdão!

E explicou que sua aluna não devia estar mentindo, que ela realmente era dura e exigente durante as aulas, mas que essa

era uma conduta normal em cursos de balé. Não sabia, porém, que suas palavras tivessem repercussão tão nociva. "Trabalho para ser uma professora e uma pessoa melhor e não gostaria jamais que ela desistisse do balé por minha causa". Terminaram a conversa abraçadas, mãe e professora, ambas mais felizes do que eram quando o diálogo começou.

Dias depois, a própria menina foi se encontrar com a professora e saiu de lá confiante, satisfeita por ter sabido posicionar-se, vitoriosa por haver solucionado bem um grave problema pessoal. Desde então, tem surpreendido no espelho uma pessoa cada vez mais parecida com ela. Como se descobrisse, na imagem diante de si, a Julieta que realmente é.

Pausa neste ponto desta história real. Suponhamos que a mãe, estimulada por um tipo de culpa muito comum em mães da atualidade — a de achar que não tem tempo suficiente para os filhos —, tivesse se entregado à imaginação e projetado sobre a professora suas frustrações e medos, sob a fantasia de santa indignação por aquele caso indesculpável de bullying. Ambas estariam menores agora e Julieta teria sobre os ombros o peso de um fracasso. O balé, certamente, já não seria a mesma fonte de prazer, e talvez ela o tivesse abandonado. Diante do espelho passaria menos tempo, para não experimentar a sensação de que não devia servir mesmo para grande coisa.

E assim segue a vida, sublinhando aqui e ali que entre realidade e ilusão existe apenas uma respiração profunda, a sussurrar que são apenas dois os resultados possíveis da escolha a ser feita: alegria ou sofrimento.

A SABEDORIA DO URUBU

É a regra: a vida chega e não bate campainha, abre a porta e, se estiver trancada, arromba. Se os fatos são desagradáveis e produzem desconforto, não adianta resistir. Ao contrário, quanto mais o sujeito diz "não aceito", pior fica. O pessoal da neurolinguística ensina que a mente não conhece a palavra "não". Se alguém diz "não pense em um vestido vermelho", a primeira coisa que o nosso personagem pensará será exatamente no dito. Pelo mesmo motivo, quem quer parar de fumar deve começar por nunca dizer "não posso fumar". Ou o cigarro imaginário vai ficar na boca do infeliz, rolando de um canto a outro da boca, até ele não aguentar mais e acender um.

Eu nunca me esqueço de uma frase dita por um conhecido anos atrás: "A vida é como se apresenta". Pode parecer óbvio, mas a gente se pega brigando com o óbvio com uma frequência constrangedora. Basta sentir o desconforto, que aquele sujeito observado por nós procura a porta de saída para algum lugar longe dali. Se for uma dor, uma perda, ele vai se jogar no sofá e brigar com Deus, vai se sentir abandonado e esquecido. Serão momentos duros de sofrimento até que, não mais que de repente, a aceitação chega e ele se pacifica.

Na verdade, somos muito pequenos, e a vida neste planeta, muito curta para entendermos a dimensão monumental da

existência. É aquela história da formiga andando sobre uma obra de arte. Ela passa sobre uma mancha marrom e vê tudo escuro, ignorante de que caminha sobre a magnífica pintura de uma floresta ou de um pôr de sol.

Melhor faz o urubu. Certa vez, estava visitando o belíssimo cânion do Itaimbezinho, no Rio Grande do Sul, e me deparei com um urubu planando a alguns metros do mirante onde eu estava, à mesma altura dos meus olhos, mais de mil metros lá de baixo. Ele não batia as asas nem saía do lugar, quase imóvel. O esforço era mínimo e a eficiência, máxima, simplesmente porque não resistia. Ao contrário, se aproveitava da corrente térmica para permanecer onde queria estar.

De outra feita, um praticante de voo livre me contou que subia, por meio de uma térmica, com seu parapente. Quando já passava dos mil metros de altitude, percebeu um urubu voando perto dele. Estranhou, porque normalmente a ave não permitiria uma distância tão curta entre eles e se afastaria. O rapaz notou, então, que o pescoço do urubu estava encolhido. Descobriu, em seguida, que o urubu estava dormindo! A mais de mil metros de altitude, planando na térmica, entregue, sem qualquer resistência. Donde se conclui que urubu também voa por prazer e, surfando na metáfora, que a aceitação dos fatos é a passagem para o que somos essencialmente, com todo o prazer que isso traz. Dá até para dormir! O sujeito lá do primeiro parágrafo diria, então: não se deve brigar com a vida, mas aliar-se a ela. Urubuzemos, pois!

O ENGENHEIRO E O TERRORISTA

Ele era engenheiro e, tempos atrás, foi para os Estados Unidos fazer um curso. Ficou por lá um ano, longe da mulher e dos filhos. Adoeceu de solidão e tristeza. Foi então que surgiram os fiéis de uma seita cristã radical e o converteram. Ele tinha, enfim, algo para preencher o vazio e suportar a distância. Não era mais um fraco solitário: tinha agora aonde ir nos momentos de folga do curso, dispunha de companhia, apoio e uma crença para defender.

Quando voltou ao Brasil, tentou converter a família, mas não conseguiu. Diante da rejeição aos dogmas, impôs ao menos algumas regras: roupas sóbrias e fechadas para as mulheres, nenhuma festa ou música dentro de casa. Lembro-me bem de sua filha: tinha no rosto os traços do pai e nos olhos a mesma tristeza. Pai e filha eram o resultado de uma equação em que a dor da separação e a solidão foram as variáveis de origem.

Observo, num portal de notícias, o recorte da foto de um jovem de olhos negros, 28 anos, touca de lã na cabeça e um sorriso agradável. Ele se chama Abdelhamid Abaaoud e está morto, acusado de ser o mentor dos atentados que deixaram 130 mortos em Paris, no dia 13 de novembro de 2015. Seu pai, Omar, deixou o Marrocos 40 anos antes para construir a vida na Bélgica. Dizia sua advogada que ele estava profundamente deprimido e que preferia a captura e prisão do filho para, ao ouvir seu de-

poimento, tivesse alguma chance de entender o que aconteceu na vida de Abaaoud.

O que pode transformar uma criança num terrorista, capaz de dirigir, sorridente, uma caminhonete, rebocando os corpos mutilados de "infiéis", conforme vídeo do EI postado na internet? Pode ser uma psicopatia, doença que me deixa mudo de espanto, pois é capaz de esconder por completo o espírito que habita o corpo doente.

Se o jovem belga não era psicopata, como certamente não o são parte dos jihadistas, por lógica estatística, certamente é o produto da mesma equação que vitimou o engenheiro lá de cima. Evidente que os resultados são drasticamente diferentes: o primeiro transformou-se num homem infeliz; o segundo, num sanguinário. Exatamente a diferença impressiona tanto. Afinal, um copo vazio aceita da mesma forma água turva ou o veneno letal. Basta estar vazio, basta a dor da separação, que não precisa ser física. É suficiente o sentimento de abandono e desamor.

Se pudéssemos recuar um pouco para o momento imediatamente anterior ao início desse processo, acharíamos a pessoa antes do vazio e seu desespero, o ser ainda prestes a ser preenchido. Qual seria a escolha se, nesse momento, chegasse acolhimento em lugar de um dogma intolerante? Boas-vindas em vez de vingança? Luz e não escuridão?

Somos todos inocentes.

CONTO DE CARNAVAL

Ah, ela era um delírio, uma mistura indescritível de charme, inteligência e discreta beleza. Diferente, sem exceção, de todas as outras mulheres pelas quais ele não estava apaixonado. Por causa dela, andava disperso, inseguro, irritadiço. A conquista, pensava, desta vez estava sendo mais difícil do que em todos os casos vividos anteriormente. O pensamento, na verdade, era um equívoco ou um esquecimento proposital, porque entre o desejo, o atual e os precedentes, e sua realização sempre houve um espelho no qual sua imagem aparecia, via de regra, aquém do que julgava necessário para ganhar uma mulher daquele naipe.

Eram colegas de sala na faculdade, viraram amigos, ela com aquele sorriso livre, os gestos soltos, um jeito tão concentrado de ouvir os assuntos dele, que uma sugestão sempre ficava boiando no ar a cada encontro. Ele se animava, mas as negativas aos convites para sair o atordoavam e elevavam a paixão ao cume onde a idealização da mulher amada era não apenas permitida, mas estimulada. Ela, envolta pela névoa do Olimpo, virando deusa; ele, a cada dia mais densamente mortal. E o espelho a repetir: pobre criatura, magnífica donzela.

Mas chegou o Carnaval e ela disse sim antes mesmo que ele formulasse novo convite. Mais: confessou que queria experimentar um baseado. Combinaram que ele passaria no aparta-

mento dela, no bairro da Serra, por volta das 9 da noite. Ele chegou 20 minutos depois, de acordo com as recomendações de três em cada três amigos. Abriu a porta do carro para que ela entrasse, e ela achou graça do gesto antigo de cavalheiro. Subiram até o mirante da antiga rádio JB. Acendeu o cigarro, que já deixara pronto no bolso da camisa, deu o primeiro trago e passou adiante. A viagem, acreditava, dissiparia toda a tensão. Ela, porém, tossiu tanto que achou que ia desmaiar, ficou mal, convenceu-se de que não deveria estar ali. O astral baixou e pediu que a levasse para casa. Voltaram em silêncio, os vidros abertos, a música no rádio alta o suficiente para abafar suspiros e muxoxos.

Disse que ia tomar um banho, e ele desabou sobre o sofá da sala. Estava desconsolado. Não podia se perdoar por ter jogado fora a grande chance. Saiu. Antes de chegar ao carro, foi cercado por um rapaz de bermuda e arma em punho. Entregou o dinheiro, a carteira, mas o assaltante queria também o tênis e toda a roupa. Poupou a cueca, a pedido, e mandou que sumisse antes que contasse até dez. Ele só conseguiu entrar novamente no prédio porque o porteiro temeu que seus murros quebrassem a vidraça do portão. Subiu as escadas correndo, abriu a porta, sentou-se no sofá e teve tempo apenas para tomar uma longa respiração. Ela abriu a porta do banheiro e saiu enrolada em toalha, o cabelo molhado sobre os ombros desnudos. Olhou para ele, mordiscou a ponta do dedo indicador e disse:

— Apressadinho, hein?!

ORAÇÃO DE ANO-NOVO

Nesta passagem de ano não darei sete pulinhos sobre as ondas para que meus desejos sejam realizados, não escreverei uma lista de intenções, nem jogarei flores a Iemanjá em nome da esperança. Ao contrário, nesta noite de ano-novo eu me quero desesperado: não sobrecarregar mais amanhã com os afazeres de agora, não esperar mais. Desesperar.

Quero um trato novo com o tempo, em que eu me responsabilize em ouvir todas as palavras que me dizem agora, sem perder uma sílaba, em observar tudo o que acontece neste momento, sem distração, em perceber tudo o que me chega através da pele da intuição, sem medo. E, assim, estando eu plenamente presente, possa ele, o tempo, cumprir sua parte, que é abrir a única janela possível para os jardins do paraíso: agora.

Na estreia do ano-novo, desejo alucinar relógios e contemplar estrelas, destruir o monopólio dos poetas e trazer a poesia para o lugar dela, que é a rua em qualquer esquina, encantar passarinhos e ressuscitar latas velhas abandonadas no quintal, assim como fazia Manoel, tão maravilhosamente, de Barros. Quero jogar no lixo as preocupações – aqueles cordões que o medo usa para manipular pessoas. Confiar.

Substituir, no meu altar doméstico, o deus que faz por mim pelo Deus que faz comigo. Entender que todo momento é

santo e cada ação, sagrada, que todo trabalho é purificador, desde que a atenção esteja nele mergulhada e o talento seja a razão de ser da mão que esculpe. O dinheiro, materialização natural da energia empregada, que seja libertado da tentação das gavetas e do medo que as criou. Fluxo.

Quero a coragem de soltar as rédeas e admitir que a vida nunca estará sob meu controle. Em plena cavalgada, dar a face ao vento. Em lugar da crença insana no desamparo, quero a alegria desembestada de me deixar levar, sabendo-O em nós e não acima. Testemunhar os milagres acontecendo por todo lugar, em vez de acreditar neles. Sabendo-me, gargalhar de todas as crenças de que a vida é sobrevivência e resistência. Ao clarão dos foguetes, que o riso seja solto e do prazer eu saiba até pela respiração. Ser.

Quando, vestido de branco, abraçar minha mulher, quero minha mente sã e, em decorrência, a dela e a nossa; quero a mente dela livre e, em consequência, a minha e a nossa. E, assim, desabitados das ilusões e do medo, a gente possa, juntos, desadoecer a humanidade e reconhecer as cores do mundo, os olhos de toda gente para sempre libertos dos cinzas e tons pastéis. E se, ao romper o primeiro dia, o despertar surpreender ainda uma melancolia em mim, que eu não perca a oportunidade da comparação entre ela e a alegria de ontem, entre a paz e o medo, para que a escolha seja feita com total clareza. Amém!

REVISÃO
Valter Braga
Thásia de Medeiros

ILUSTRAÇÃO — CAPA
Alexandre Rato

CONCEPÇÃO E DIAGRAMAÇÃO
Caroline Gischewski

CATALOGAÇÃO NA PUBLICAÇÃO (CIP)
BIBLIOTECÁRIA RESPONSÁVEL Fernanda Gomes de Souza CRB-6/2472

M539

Mendonça, Chico
As horas esquecidas / Chico Mendonça. — Belo Horizonte : Quixote+Do Editoras Associadas, 2017.
164 p.
ISBN 978-85-66256-21-5

1. Contos brasileiros I. Título.

CDD: B869.35

QUIXOTE+DO EDITORAS ASSOCIADAS
WWW.QUIXOTE-DO.COM.BR
31 3324.1610
31 3227.3077

[2017]

Essa obra foi composta em Fournier e Adelle.

Foi impresso em papel Pólen Bold 90 g/m² pela Gráfica Formato

para Quixote+Do Editoras Associadas.